LA BARRE-Y-VA

Paru dans Le Livre de Poche :

ARSÈNE LUPIN, GENTLEMAN CAMBRIOLEUR.
ARSÈNE LUPIN CONTRE HERLOCK SHOLMES.
L'AIGUILLE CREUSE.
LES CONFIDENCES D'ARSÈNE LUPIN.
LE BOUCHON DE CRISTAL.
813.
LA COMTESSE DE CAGLIOSTRO.
LES HUIT COUPS DE L'HORLOGE.
LA DEMOISELLE AUX YEUX VERTS.
LE TRIANGLE D'OR.
L'ÎLE AUX TRENTE CERCUEILS.
LES DENTS DU TIGRE.
LA DEMEURE MYSTÉRIEUSE.
L'ÉCLAT D'OBUS.
L'AGENCE BARNETT ET Cie.
VICTOR, DE LA BRIGADE MONDAINE.
LA CAGLIOSTRO SE VENGE.
LA FEMME AUX DEUX SOURIRES.
LES TROIS YEUX.
LE FORMIDABLE ÉVÉNEMENT.
DOROTHÉE, DANSEUSE DE CORDE.
LA VIE EXTRAVAGANTE DE BALTHAZAR.

Dans la série
Le Livre de Poche Jeunesse :

ARSÈNE LUPIN, GENTLEMAN CAMBRIOLEUR.
LA DOUBLE VIE D'ARSÈNE LUPIN.
813 : LES TROIS CRIMES D'ARSÈNE LUPIN.
L'AIGUILLE CREUSE.

MAURICE LEBLANC

La Barre-y-va

LE LIVRE DE POCHE

I

VISITE NOCTURNE

Après une soirée au théâtre, Raoul d'Avenac rentra chez lui, s'arrêta un instant devant la glace de son vestibule, et contempla, non sans quelque plaisir, sa taille bien prise dans un habit du bon faiseur, l'élégance de sa silhouette, la carrure de ses épaules, la puissance de son thorax qui bombait sous le plastron.

Le vestibule, par ses dimensions restreintes et son aménagement, annonçait une de ces garçonnières confortables, meublées avec luxe, où ne peut demeurer qu'un homme de goût, ayant l'habitude et les moyens de satisfaire ses fantaisies les plus coûteuses. Raoul se réjouissait, comme tous les soirs, de fumer une cigarette dans son cabinet de travail et de se laisser choir au creux d'un vaste fauteuil de cuir pour y goûter un de ces repos qu'il appelait l'apéritif du sommeil. Son cerveau s'y délivrait alors de toute pensée gênante et s'assoupissait au gré d'une vague rêverie où glissaient les souvenirs de la journée défunte et les projets confus du lendemain.

Sur le point d'ouvrir, il hésita. Seulement alors, et tout à coup, il se rendit compte que ce n'était pas lui qui venait d'allumer le vestibule, mais que, à son arrivée, les trois ampoules du lustre répandaient déjà leur triple lumière.

« Bizarre, se dit-il. Personne pourtant n'a pu venir ici depuis mon départ, puisque les domestiques avaient congé. Dois-je admettre que je n'ai pas éteint derrière moi lorsque je suis sorti tantôt? »

D'Avenac était un homme à qui rien n'échappait, mais qui ne perdait pas son temps à chercher la solution de ces menus problèmes que le hasard nous pose, et que les circonstances se chargent presque toujours de nous expliquer le plus naturellement du monde.

« Nous fabriquons nous-mêmes nos mystères, disait-il. La vie est beaucoup moins compliquée que l'on ne croit, et elle dénoue elle-même ce qui nous paraît enchevêtré. »

Et, de fait, lorsqu'il eut franchi la porte qui se trouvait en face de lui, il ne fut pas surpris outre mesure d'apercevoir au fond de la pièce, debout, appuyée contre un guéridon, une jeune femme.

« Seigneur Dieu! s'écria-t-il, voici une gracieuse vision. »

Comme dans le vestibule, la gracieuse vision avait allumé toutes les ampoules, préférant sans doute la pleine clarté. Et il put admirer, à son aise, un joli visage encadré de boucles blondes, un corps mince, bien proportionné, assez grand, et qu'habillait une robe de coupe un peu démodée. Son regard était inquiet, sa figure contractée par l'émotion.

Raoul d'Avenac ne manquait pas de prétentions, les femmes l'ayant toujours comblé de leurs faveurs. Il crut donc à quelque bonne fortune et accepta l'aventure comme il en avait accepté tant d'autres sans les avoir sollicitées.

« Je ne vous connais pas, madame, n'est-ce pas? dit-il en souriant. Je ne vous ai jamais vue? »

Elle fit un geste qui signifiait que, en effet, il ne se trompait point. Il reprit :

« Comment diable avez-vous pu pénétrer ici? »

Elle montra une clef, et il s'exclama :

« En vérité vous avez une clef de mon appartement! Cela devient tout à fait amusant. »

Il était de plus en plus persuadé qu'il avait séduit à son insu la belle visiteuse et qu'elle venait à lui, comme une proie facile, avide de sensations rares et toute prête à se laisser conquérir.

Il avança donc vers elle, avec son assurance coutumière en pareil cas, résolu à ne point laisser échapper une occasion qui se présentait sous une forme aussi charmante. Mais contre toute attente, la jeune femme eut un recul et raidit ses bras d'un air effrayé :

« N'approchez pas! je vous défends d'approcher... Vous n'avez pas le droit... »

Sa physionomie prenait une expression d'épouvante qui le déconcerta. Et puis, presque en même temps, elle se mit à rire et à pleurer, avec des mouvements convulsifs et une telle agitation qu'il lui dit doucement :

« Calmez-vous, je vous en prie... Je ne vous ferai aucun mal. Vous n'êtes pas venue ici pour me cambrioler, n'est-ce pas? ni pour m'abattre d'un coup de revolver? Alors pourquoi vous ferais-je du mal? Voyons, répondez... Que voulez-vous de moi? »

Essayant de se dominer, elle murmura :

« Vous demander secours.

— Mais ce n'est pas mon métier de secourir.

— Il paraît que si... et que tout ce que vous tentez, vous le réussissez.

— Bigre! C'est un privilège agréable que vous m'octroyez. Et si je tente de vous prendre dans mes bras, est-ce que je réussirai? Pensez donc, une dame, à une heure du matin, chez un monsieur... jolie comme vous êtes... séduisante... Avouez que, sans être fat, je puis m'imaginer... »

Il s'approcha de nouveau sans qu'elle protestât, lui prit la main et la serra entre les siennes. Puis il lui caressa le poignet et l'avant-bras qui était dénudé, et il eut l'impression soudaine que, s'il l'attirait contre lui, elle ne le repousserait peut-être point, tellement elle était affaiblie par l'émotion.

Un peu grisé, il le tenta, très discrètement, après avoir passé sa main derrière la taille de la jeune femme. Mais, à ce moment, l'ayant observée, il vit des yeux si effarés et un si pauvre visage, plein de détresse et de prière, qu'il interrompit son geste et prononça :

« Je vous demande pardon, madame. »

Elle dit, à voix basse :

« Non, pas madame... mademoiselle... »

Et elle continua tout de suite :

« Oui, je sais, une pareille démarche à cette heure!... il est naturel que vous vous soyez mépris.

– Oh! absolument mépris, dit-il en plaisantant. A partir de minuit, mes idées changent du tout au tout sur les femmes, et j'en arrive à imaginer des choses absurdes, et à me conduire sans aucune délicatesse... Encore une fois, pardonnez-moi. J'ai mal agi. C'est fini? Vous ne m'en voulez plus?

– Non », dit-elle.

Il soupira :

« Dieu, que vous êtes délicieuse, et comme c'est dommage que vous soyez venue pour une raison qui n'est pas celle que je croyais! Ainsi vous venez me voir comme tant de personnes venaient consulter Sherlock Holmes dans son home de Baker Street? Alors, mademoiselle, parlez et donnez-moi toutes les explications nécessaires. Mon dévouement vous est acquis. Je vous écoute. »

Il la fit asseoir. Si rassurée qu'elle fût par la bonne humeur et la gentillesse respectueuse de Raoul, elle demeurait très pâle. Ses lèvres, d'un dessin gracieux, fraîches comme des lèvres d'enfant, se crispaient par moments. Mais il y avait de la confiance dans ses yeux.

« Excusez-moi, dit-elle, d'une voix altérée, je n'ai peut-être pas toute ma raison... Cependant je sais bien ce qu'il en est, et qu'il y a des choses... des choses incompréhensibles... et d'autres qui vont venir, et qui me font peur... oui, qui me font peur d'avance, sans que je sache pourquoi... car enfin rien ne prouve qu'elles se produiront. Mon Dieu! mon Dieu... comme c'est effrayant... et comme je souffre!... »

Elle passa la main sur son front avec un geste de lassitude, comme si elle voulait chasser des idées qui l'exténuaient. Raoul eut vraiment pitié de son désarroi, et se mit à rire pour la tranquilliser.

« Ce que vous paraissez nerveuse! Il ne faut pas. Cela n'avance à rien. Allons, du courage, mademoiselle. Il n'y a plus rien à craindre, même de ma part, du moment qu'on me demande secours. Vous venez de province, n'est-ce pas?

— Oui. Je suis partie de chez moi ce matin, et je suis arrivée à la fin de l'après-midi. Tout de suite, j'ai pris une auto qui m'a conduite ici. La concierge, qui croyait que vous étiez là, m'a indiqué votre appartement. J'ai sonné. Personne.

— En effet, les domestiques avaient congé et, moi, j'ai dîné au restaurant.

— Alors, dit-elle, je me suis servie de cette clef...

— Que vous teniez de qui?

— De personne. Je l'avais dérobée à quelqu'un.

— Ce quelqu'un?

— Je vous expliquerai.

— Sans trop tarder, dit-il... J'ai tellement hâte de savoir! Mais, une seconde... Je suis sûr, mademoiselle, que vous n'avez pas mangé depuis ce matin, et que vous devez mourir de faim!

— Non, j'ai trouvé du chocolat sur cette table.

— Parfait! Mais il y a autre chose que du chocolat. Je

vais vous servir, et nous causerons après, vous voulez bien? Mais, en vérité, que vous avez l'air jeune... une enfant! Comment ai-je pu vous prendre pour une dame! »

Il riait et tâchait de la faire rire, tout en ouvrant une armoire d'où il tirait des biscuits et du vin sucré.

« Comment vous appelez-vous? Car enfin il faut bien que je sache...

– Tout à l'heure... je vous dirai tout.

– Parfait. Du reste je n'ai pas besoin de connaître votre nom pour vous servir. Des confitures, peut-être?... ou du miel?... Oui, vos jolies lèvres doivent aimer le miel, et j'en ai d'excellent dans l'office. J'y cours... »

Il allait quitter l'appartement, lorsque la sonnerie du téléphone retentit.

« Bizarre, murmura-t-il. A cette heure... Vous permettez, mademoiselle? »

Il décrocha et, changeant légèrement son intonation, prononça :

« Allô... allô... »

Une voix lointaine lui dit :

« C'est toi?

– C'est moi... affirma-t-il.

– Quelle veine! reprit la voix. Depuis le temps que je t'appelle!

– Toutes mes excuses, cher ami, j'étais au théâtre.

– Et te voilà revenu?...

– J'en ai l'impression.

– Je suis bien content.

– Et moi donc! dit Raoul. Mais pourrais-tu me donner un renseignement, mon vieux, un tout petit renseignement?

– Dépêche-toi.

– Qui donc es-tu?

– Comment! tu ne me remets pas?

– J'avoue, vieux copain, que jusqu'ici...

– Béchoux... Théodore Béchoux... »

Raoul d'Avenac réprima un mouvement et déclara :

« Connais pas. »

La voix protesta :

« Mais si!... Béchoux, le policier... Béchoux, le brigadier de la Sûreté...

– Oh! je te connais de réputation, mais je n'ai jamais eu le plaisir...

– Tu blagues, voyons! Nous avons fait assez de campagnes ensemble! *La partie de baccarat? L'homme aux dents d'or? Les douze Africaines?*... autant de triomphes... remportés en commun...

– Tu dois te tromper. Avec qui donc crois-tu avoir l'honneur de communiquer?

– Avec toi, parbleu!

– Qui, moi?

– Le vicomte Raoul d'Avenac.

– C'est en effet mon nom. Mais je t'assure que Raoul d'Avenac ne te connaît pas.

– Peut-être, mais Raoul d'Avenac me connaissait quand il portait d'autres noms.

– Bigre! Précise.

– Eh bien, Jim Barnett, par exemple, le Barnett de *l'Agence Barnett et Cie*. Et puis Jean D'Enneris, le d'Enneris de *La Demeure mystérieuse*. Et puis dois-je citer ton véritable nom?

– Vas-y. Je n'en rougis pas. Au contraire.

– Arsène Lupin.

– A la bonne heure! Nous sommes d'accord, et la situation est nette. C'est, en effet, sous cette appellation que je suis le plus honorablement connu. Et alors, mon vieil ami, qu'est-ce que tu veux?

– Ton assistance, et tout de suite.

– Mon assistance? Toi aussi?

– Que veux-tu dire?

– Rien. Je suis à ta disposition. Où es-tu?

— Au Havre.

— Pour quoi faire? tu spécules sur les cotons?

— Non, je suis venu pour te téléphoner.

— Ça c'est gentil. Tu as quitté Paris pour me téléphoner du Havre? »

Ce nom de ville, que Raoul prononça devant la jeune fille, parut la troubler, et elle chuchota :

« Le Havre... On vous téléphone du Havre? C'est étrange, et qui vous téléphone? laissez-moi écouter. »

Un peu contre le gré de Raoul, elle saisit l'autre récepteur, et, de même que lui, elle entendit la voix de Béchoux qui disait :

« Ce n'est pas pour ce motif. J'étais dans la région. Comme il n'y avait pas de téléphone de nuit, j'ai mobilisé une auto qui m'a conduit au Havre. Et maintenant je retourne chez moi.

— C'est-à-dire? interrogea d'Avenac.

— Connais-tu Radicatel?

— Parbleu! un banc de sable au milieu de la Seine, pas très loin de l'embouchure.

— Oui, entre Lillebonne et Tancarville, et à trente kilomètres du Havre.

— Tu penses si je connais ça! L'estuaire de la Seine! Le pays de Caux! Toute ma vie est là, c'est-à-dire toute l'histoire contemporaine. Ainsi tu couches sur un banc?

— Qu'est-ce que tu chantes?

— Je veux dire que tu habites sur un banc de sable!

— En face du banc, il y a un petit village charmant, d'où il tire son nom de Radicatel, et là j'ai loué pour plusieurs mois, afin de m'y reposer, une chaumière...

— Avec un cœur?

— Non, mais avec une chambre d'ami que je te réserve.

— Pourquoi cette délicate attention?

— Une affaire curieuse, compliquée, que j'aimerais débrouiller avec toi...

– Parce que tu ne peux pas la débrouiller tout seul, hein, mon gros? »

Raoul observait la jeune fille dont le trouble croissant commençait à le tourmenter. Il essaya de lui reprendre le récepteur. Mais elle s'y cramponna, et Béchoux insistait :

« C'est urgent. Entre autres événements, une jeune fille a disparu aujourd'hui...

– C'est un événement quotidien. Et il n'y a pas de quoi s'alarmer.

– Non, mais certains détails sont inquiétants, et puis...

– Et puis, quoi? s'écria Raoul, impatienté.

– Eh bien, tantôt, à deux heures, il y a eu un crime. Le beau-frère de cette jeune fille, qui la cherchait dans le parc, le long d'une rivière, a été tué d'un coup de revolver. Alors comme tu as un rapide à huit heures du matin, et... »

A cette évocation d'un crime, la jeune fille s'était dressée. Le récepteur s'échappa de sa main. Elle voulut parler, poussa un soupir, vacilla sur elle-même, et tomba sur le bras d'un canapé.

Raoul d'Avenac avait pris juste le temps de crier à Béchoux d'un ton furieux :

« Tu n'es qu'un imbécile! Tu as une façon d'annoncer les choses! Alors, quoi! tu ne devines rien, idiot? »

Il raccrocha vivement l'appareil, étendit la jeune fille sur le canapé et la contraignit à respirer un flacon de sels.

– Eh bien, qu'y a-t-il, mademoiselle? les paroles de Béchoux n'ont aucune importance, puisque c'est de vous qu'il parle et de votre disparition! En outre, vous le connaissez, et vous savez bien que ce n'est pas un esprit de tout premier plan. Je vous en supplie, remettez-vous, et tâchons d'éclaircir la situation. »

Mais Raoul ne tarda pas à voir qu'aucun effort ne pouvait éclaircir la situation en ce moment, et que la jeune fille, déjà très frappée par des événements qu'il ignorait, ne reprendrait pas son équilibre après l'annonce imprévue et maladroite de ce crime. Il fallait patienter jusqu'à ce que l'heure d'agir fût venue.

Il réfléchit quelques secondes et, résolument, prit son parti. Ayant arrangé vivement sa tête devant une glace, à l'aide de quelques mixtures qui changeaient plutôt son expression que son visage, il passa dans la pièce voisine, changea de vêtements, saisit dans un placard une valise toujours prête, sortit, et courut jusqu'à son garage.

Raoul revenait aussitôt avec son auto et remontait chez lui. La jeune fille, bien que réveillée, demeurait inerte, incapable de faire un mouvement. Sans opposer la moindre résistance, elle se laissa porter jusqu'à la voiture où il l'étendit aussi bien que possible.

Se penchant à son oreille, il chuchota :

« D'après la communication de Béchoux, vous demeurez aussi à Radicatel, n'est-ce pas?

– Oui, à Radicatel.

– Nous y allons. »

Elle eut un geste d'effroi, et il la sentit qui tremblait des pieds à la tête. Mais il dit des mots d'apaisement, tout bas, d'une voix qui la berçait et qui la fit pleurer sans qu'elle pensât davantage à protester...

Trois heures suffirent à Raoul pour franchir les quelque quarante-cinq lieues qui séparent la capitale du village normand de Radicatel. Pas un mot ne fut échangé entre eux. La jeune fille, du reste, finit par s'endormir et, lorsque sa tête s'inclinait sur l'épaule de Raoul, il la redressait avec douceur. Elle avait un front brûlant. Ses lèvres balbutiaient des mots qu'il n'entendait point.

Le jour commençait à poindre quand il déboucha en face d'une charmante petite église accroupie dans de la verdure naissante, au bas d'une étroite vallée qui monte sur les falaises cauchoises, et près d'une mince rivière sinueuse qui va se jeter dans la Seine. Derrière lui, par-delà les vastes prairies, et sur le large fleuve qui tourne autour de Quillebeuf, des nuages fins et longs, d'un rose de plus en plus rouge, annonçaient la proche ascension du soleil.

Dans le village encore assoupi, personne. Aucun bruit.

« Votre maison n'est pas loin d'ici? dit-il.

– Tout près... là... en face... »

Une magnifique allée à quatre rangées de vieux chênes suivait la rivière et conduisait à un petit manoir que l'on apercevait à travers les barreaux d'une grille. La rivière obliquait à cet endroit, passait sous un terre-plein, remplissait des douves garnies de pointes de fer, puis tournait encore et pénétrait dans un domaine qu'encerclait un haut mur de pierre à contreforts de briques.

La jeune fille eut alors une nouvelle crise d'appréhension, et Raoul devina qu'elle eût souhaité de s'enfuir plutôt que de retourner dans des lieux où elle avait dû souffrir. Pourtant, elle se domina.

« Il ne faut pas que l'on me voie rentrer, dit-elle. Il y a tout près une porte basse dont j'ai aussi la clef sans que personne le sache.

– Vous pouvez marcher? lui dit Raoul.

– Oui... un moment...

– La matinée est déjà tiède. Vous n'aurez pas froid, n'est-ce pas?

– Non. »

Un sentier se détachait à droite du terre-plein, enjambant l'extrémité des douves, filant entre le mur et des vergers. Raoul soutenait la jeune fille par le bras. Elle semblait épuisée.

Devant la porte il lui dit :

« J'ai jugé inutile de vous fatiguer par mes questions. Béchoux me renseignera et, d'ailleurs, nous nous reverrons. Un simple mot. C'est de lui que vous tenez la clef de mon appartement?

– Oui et non. Il m'avait parlé de vous souvent, et je savais que votre clef se trouvait sous la pendule de sa chambre. Il y a quelques jours, je l'ai prise à son insu.

– Donnez-la-moi, voulez-vous? Je l'y remettrai, et il ne saura rien. Il ne faut pas qu'il sache non plus, ni personne, d'ailleurs, que vous êtes venue à Paris et que je vous ai ramenée, ni même que nous nous connaissons.

– Personne ne le saura.

– Un mot encore. Les événements viennent de nous réunir d'une façon imprévue, et sans que nous sachions qui nous sommes l'un et l'autre. Abandonnez-vous à mes conseils, et n'agissez jamais en dehors de moi. C'est convenu?

– Oui.

– En ce cas, signez ce papier. »

Raoul prit une feuille blanche dans son portefeuille et écrivit avec son stylo :

« Je donne tous pouvoirs à M. Raoul d'Avenac pour rechercher la vérité et prendre les décisions conformes à mes intérêts. »

Elle signa.

« Bien, dit Raoul. Vous êtes sauvée. »

Il regarda la signature.

« Catherine... vous vous appelez Catherine... Je suis ravi. C'est un nom que j'adore. A tantôt. Reposez-vous. »

Elle rentra.

Il entendit, de l'autre côté du mur, le bruit étouffé de ses pas. Puis ce fut le silence. Le jour croissait. Elle lui avait désigné le toit de la chaumière que Béchoux avait louée. Raoul revint donc, suivit de nouveau l'avenue, sortit du village, et remisa son auto sous un hangar. Près de là, dans une petite cour plantée d'arbres fruitiers et ceinte d'une haie d'épines, il y avait une vieille bâtisse à colombages, avec des pavés sur le devant et un banc tout luisant d'usure.

Sous le chaume relevé du toit, une fenêtre était entrouverte. Raoul escalada la façade, et, sans réveiller la personne qui dormait dans le lit, après avoir glissé la clef sous la pendule, visita la chambre et fouilla les placards. Persuadé qu'aucun piège ne lui était tendu, supposition qui n'aurait rien eu d'impossible, il redescendit.

La porte de la chaumière n'était pas close. Une grande pièce occupait le rez-de-chaussée, à la fois cuisine et salle, et se terminait par une alcôve.

Ayant défait sa valise et plié ses vêtements sur une chaise, il épingla une feuille de papier où il avait inscrit ces mots : *Prière de ne pas me réveiller*. Il enfila un pyjama luxueux. Une grande horloge à balancier sonnait cinq heures.

« Dans trois minutes je dors, se dit-il. Juste le temps de me poser, sans essayer de la résoudre, cette question : vers quelle aventure nouvelle et passionnante la destinée me mène-t-elle? »

A ce moment la destinée avait, pour lui, des cheveux blonds, des yeux éperdus et une bouche enfantine.

II

LES EXPLICATIONS DE THÉODORE BÉCHOUX

Raoul d'Avenac bondit hors de son lit et empoigna Béchoux à la gorge en proférant :

« J'avais ordonné qu'on me laissât tranquille, et tu as le culot de me réveiller ! »

Béchoux protesta :

« Mais non, mais non... Je te regardais dormir, et je ne te reconnaissais pas. Tu es plus brun... d'un rouge foncé. Tu as l'air d'un type du Midi.

– Depuis quelques jours, en effet. Quand on est de vieille noblesse périgourdine, on se doit d'avoir un teint de vieille brique. »

Ils se prirent les mains affectueusement, charmés de se revoir. Ils avaient fait de si beaux coups ensemble! Que de formidables aventures!

« Hein, souviens-toi, disait Raoul d'Avenac, souviens-toi du temps où je m'appelais Jim Barnett et où je dirigeais une agence de renseignements! Souviens-toi du jour où je t'ai barboté tout ton paquet de titres au porteur!... Souviens-toi de mon voyage de noces avec ta femme! A propos! comment va-t-elle? Vous êtes toujours divorcés?

– Toujours.

— Ah! la belle époque!

— La belle époque! approuvait Béchoux, attendri. Et l'histoire de la Demeure Mystérieuse, tu t'en souviens?

— Si je m'en souviens! l'histoire des diamants escamotés sous ton nez!...

— Il n'y a pas deux ans de cela, reprenait Béchoux, la voix larmoyante.

— Mais comment m'as-tu retrouvé? Comment as-tu su que j'étais Raoul d'Avenac?

— Le hasard... dit Béchoux... une dénonciation d'un de tes complices, qui est parvenue à la Préfecture, et que j'ai interceptée. »

D'Avenac l'embrassa dans un élan spontané.

« Tu es un frère, Théodore Béchoux! et je te permets de m'appeler Raoul... Oui, un frère. Je te revaudrai ça. Tiens, je n'attendrai pas une seconde de plus pour te rendre les trois mille francs qui se trouvaient dans la poche secrète de ton portefeuille. »

Ce fut le tour de Béchoux de saisir son ami à la gorge. Il était hors de lui.

« Voleur! Escroc! tu es monté dans ma chambre, cette nuit! Tu as vidé mon portefeuille! Mais tu es donc indécrottable? »

Raoul riait comme un fou.

« Que veux-tu, vieille branche? On ne dort pas la fenêtre ouverte... j'ai voulu te faire voir le danger... J'ai pris ça sous ton oreiller... Avoue que c'est drôle! »

Béchoux l'avoua, gagné tout à coup par la gaieté de Raoul, et, comme Raoul, il se mit à rire, avec colère tout d'abord, puis naturellement et sans arrière-pensée :

« Sacré Lupin! Tu seras toujours le même! Pas sérieux pour deux sous! Tu n'as pas honte, à ton âge?

— Dénonce-moi.

— Pas possible, dit Béchoux en soupirant. Tu t'échapperais encore. On ne peut vraiment rien contre toi... Et puis, ce serait dégoûtant de ma part. Tu m'as rendu trop de services.

– Et je t'en rendrai encore. Tu vois, il a suffi de ton appel pour que je vienne reposer dans ton lit et boulotter ton petit déjeuner. »

De fait, une voisine qui faisait le ménage de Béchoux venait d'apporter du café, du pain et du beurre, et Raoul se faisait de confortables tartines et vidait la tasse. Ensuite, il se rasa, se lava dehors à même un baquet d'eau froide, et, restauré, ragaillardi, lança dans l'estomac de Béchoux un vigoureux coup de poing.

« Vas-y de ton discours, Théodore. Sois bref et méticuleux, éloquent et sec, tumultueux et méthodique. N'oublie pas un seul détail et n'en donne pas un de trop... Mais d'abord que je te regarde!... »

Il le saisit aux épaules et l'examina :

« Toujours le même... Tu n'as pas changé... Des bras trop longs... Une figure à la fois bonasse et revêche, l'air prétentieux et dégoûté... une élégance de garçon de café... Vrai, tu as de l'allure. Et maintenant, jaspine. Je ne t'interromprai pas une fois. »

Béchoux réfléchit et commença :

« La demeure voisine...

– Un mot, dit Raoul. A quel titre es-tu mêlé à cette affaire? Comme brigadier de la Sûreté?

– Non. Comme familier de la maison depuis deux mois, c'est-à-dire depuis le mois d'avril où je suis venu à Radicatel en convalescence, après une double pneumonie qui a failli...

– Aucun intérêt. Continue. Je ne t'interroge plus.

– Je disais donc que le domaine de la Barre-y-va...

– Drôle de nom! s'écria d'Avenac. Le même nom que celui de cette petite chapelle juchée sur la côte, près de Caudebec, et où va la barre, c'est-à-dire le flot, le mascaret qui remonte la Seine deux fois par jour et surtout à l'équinoxe. La barre y va, ou plutôt elle monte jusqu'à cet endroit, malgré la hauteur. C'est bien ça, hein?

– Oui. Mais ici ce n'est pas à proprement parler la Seine qui remonte jusqu'au village, c'est la rivière que tu as peut-être remarquée, l'Aurelle, laquelle va se jeter dans la Seine, et laquelle rebrousse chemin et déborde aux heures de marée, avec plus ou moins de violence.

– Dieu, que tu es long! dit Raoul en bâillant.

– Donc hier, sur le coup de midi, on vint me chercher du manoir...

– Quel manoir?

– Celui de la Barre-y-va.

– Ah! il y a un manoir?

– Évidemment. Un petit château où habitent deux sœurs.

– De quelle congrégation?

– Hein?

– Évidemment. Tu parles de sœurs. Est-ce des Petites sœurs des pauvres? des Visitandines? Explique-toi.

– Zut! Impossible de rien expliquer...

– Eh bien, veux-tu que je te la raconte, ton histoire, moi? Tu m'arrêteras si je me trompe. Mais je ne me trompe jamais. C'est un principe. Écoute. Le manoir de la Barre-y-va, qui faisait partie, autrefois, de la seigneurie de Basmes, a été acheté, au milieu du XIXe siècle, par un armateur du Havre. Son fils, Michel Montessieux, y fut élevé, s'y maria, y perdit coup sur coup sa femme et sa fille, et resta seul avec deux petites-filles, Bertrande et Catherine, les sœurs actuelles. Désemparé, il s'installa à Paris, mais continua cependant de venir deux fois par an : durant un mois, aux environs de Pâques, et un mois à l'occasion de la chasse. L'aînée de ses petites-filles, Bertrande, épousa de bonne heure un M. Guercin, industriel à Paris, ayant de grosses affaires en Amérique. Nous sommes d'accord?

– D'accord.

– La petite Catherine vivait donc avec Michel Montessieux et un domestique encore jeune, Arnold, très dévoué à son maître, M. Arnold, comme on l'appelait. Elle s'éleva et s'instruisit tant bien que mal, libre de toute entrave, un peu fantasque, exubérante et rêveuse, passionnée d'exercice et de lecture, ne se plaisant qu'à la barre-y-va, se jetant à la nage dans l'eau glacée de l'Aurelle, pour se sécher dans l'herbe, les jambes en l'air, contre un vieux pommier. Son grand-père l'aimait beaucoup, mais, bizarre, taciturne, ne s'occupait que de sciences occultes, de chimie, et même d'alchimie, disait-on. Tu me suis bien?

– Parbleu!

– Or, il y a vingt mois, à la fin de septembre, le soir du jour où ils avaient quitté la Normandie après leur séjour ordinaire, le grand-père Montessieux mourut subitement dans son appartement de Paris. L'aînée, Bertrande, se trouvait à Bordeaux avec son mari. Elle revint précipitamment, et les deux sœurs vécurent ensemble. Le grand-père avait laissé moins de fortune qu'on ne croyait, et aucun testament. Quant au domaine de la Barre-y-va, on l'abandonna. Les grilles et les portails du manoir étaient fermés à clef. Personne n'y pénétra plus.

– Personne, dit Béchoux.

– C'est cette année seulement que les deux sœurs résolurent d'y passer l'été. M. Guercin, le mari de Bertrande, revenu en France, puis reparti, puis revenu, devait les rejoindre. Elles emmenèrent M. Arnold et une femme de chambre-cuisinière, qui était au service de Bertrande depuis plusieurs années. Au village, elles engagèrent provisoirement deux fillettes du pays, et tout le monde se mit à travailler, pour mettre le manoir en ordre et nettoyer le jardin, qui était devenu un véritable Paradou. Voilà, mon vieux. Nous sommes toujours d'accord? »

Béchoux avait écouté Raoul d'un air stupide. Il reconnaissait la substance même des renseignements recueillis par lui à ce propos, et résumés par lui sur un cahier qu'il avait glissé dans un placard de sa chambre, parmi des liasses de vieux dossiers. Au cours de sa visite nocturne, Raoul d'Avenac avait donc eu le temps de découvrir et de lire ces pages?

« Nous sommes d'accord, bredouilla Béchoux, qui n'eut pas la force de protester.

– En ce cas, achève, dit Raoul. Ton cahier secret ne souffle pas un mot de la journée d'hier... Disparition de Catherine Montessieux... Assassinat de je ne sais pas qui. Achève, mon vieux.

– Eh bien, voilà, dit Béchoux, qui avait du mal à se reprendre. Voilà... Tous ces événements tragiques se sont déroulés en quelques heures, hier... Mais il faut d'abord que tu saches que le sieur Guercin, le mari de Bertrande, était revenu la veille. Un type de bon vivant que ce Guercin, un homme d'affaires, bien d'aplomb, solide, éclatant de santé... La soirée, à laquelle j'assistais, avait été fort gaie, et Catherine elle-même, malgré son humeur noire et certains incidents, plus ou moins graves, qui l'ont bouleversée depuis quelque temps, Catherine elle-même avait ri de bon cœur. Je rentrai me coucher vers dix heures et demie. La nuit, rien. Aucun bruit suspect. C'est le matin seulement, sur le coup de midi, que Charlotte, la caméristе de Bertrande Guercin, se précipita chez moi, en criant :

– Mademoiselle a disparu... elle a dû se noyer dans la rivière... »

Raoul d'Avenac interrompit Béchoux :

« Supposition peu vraisemblable, Théodore. Tu m'as parlé d'elle comme d'une nageuse accomplie.

– Sait-on jamais?... une défaillance, quelque chose qui vous accroche... Toujours est-il que, en arrivant au manoir, je trouvai sa sœur affolée, son beau-frère et le domestique Arnold tout agités, et que l'on me montra au bout du parc, entre deux rochers où elle a l'habitude de descendre dans l'eau, son peignoir de bain.

– Cela ne prouve pas...

– Cela prouve tout de même quelque chose. Et puis, je te l'ai dit, depuis plusieurs semaines elle était absorbée, anxieuse... Et alors inévitablement l'idée nous est venue...

– Qu'elle se serait tuée? demanda paisiblement Raoul.

– C'est du moins ce que redoute sa pauvre sœur.

– Elle aurait donc eu un motif pour se tuer?

– Peut-être. Elle était fiancée, et son mariage... »

Raoul s'écria, avec émoi :

« Hein! quoi, fiancée... elle aime quelqu'un?

– Oui, une jeune homme qu'elle a connu cet hiver à Paris, et c'est la raison pour laquelle les deux sœurs sont venues s'ensevelir au manoir. Le comte Pierre de Basmes habite avec sa mère le château de Basmes, dont dépendait jadis le Manoir, et qui est situé sur le plateau... Tiens, on l'aperçoit d'ici.

– Et il y a des obstacles au mariage?

– La mère ne veut pas que son fils épouse une jeune fille qui n'a ni fortune ni titre. Hier matin une lettre de Pierre de Basmes fut apportée à Catherine. Dans cette lettre, que nous avons retrouvée par la suite, il annonçait son départ immédiat. Six mois de voyage que sa mère exigeait... Il s'en allait, désespéré, disait-il, et suppliait Catherine de ne pas l'oublier et d'attendre. Une heure après, c'est-à-dire à dix heures, Catherine s'éloignait. On ne l'a plus revue.

– Elle est peut-être sortie sans qu'on le sache.

– Impossible.

– Donc, tu crois au suicide? »

Béchoux répondit nettement :

« Pour moi, non. Je crois au meurtre.

— Diable! et pourquoi?

— Parce que, au cours des recherches que nous avons effectuées, nous avons eu la preuve matérielle, visible, qu'il y avait, qu'il a peut-être encore, dans le parc, c'est-à-dire dans l'enclos qui bordent les murs, un bandit qui rôde et qui tue.

— Vous l'avez vu?

— Non, mais il a agi une seconde fois.

— Il a tué?

— Oui, il a tué. Comme je te l'ai téléphoné hier, il a tué. Hier, sous le coup de trois heures, sous mes yeux, M. Guercin longeait la rivière et traversait le vieux pont vermoulu...

— Halte!

— Comment, halte? Mais je commence.

— Arrête-toi.

— Absurde! C'est tout le drame que je vais te raconter, et un drame sur lequel nous avons une certitude, des faits. Si tu refuses de connaître ces faits, comment veux-tu?...

— Je ne refuse pas de les connaître, mais je refuse d'en entendre deux fois le récit. Or, comme tu les exposeras tout à l'heure à ces messieurs du Parquet, lesquels ne sauraient tarder à venir, il est tout à fait inutile que tu t'épuises à me dire ce que tu diras sur place et avec commentaires.

— Cependant...

— Non, mon vieux, il émane de toi, quand tu racontes une histoire, un ennui incommensurable. Laisse-moi respirer.

— Alors?

— Alors fais-moi visiter le parc. Et surtout pas un mot durant cette visite. Tu as un grand tort, vois-tu, Béchoux, tu es trop bavard. Prends exemple sur ton vieil ami Lupin, toujours si discret, réservé dans ses propos, et qui ne jacasse pas à tort et à travers, comme une pie. On ne réfléchit bien que quand on se tait et qu'on se trouve en face de ses pensées, sans être importuné par des considérations oiseuses d'un hurluberlu qui enfile les mots les uns aux autres comme des grains de chapelet. »

Béchoux songea bien que ce discours s'adressait à lui et qu'il était l'hurluberlu qui jacassait comme une pie. Cependant, comme ils s'en allaient bras dessus, bras dessous, en vieux camarades qu'unissent une solide amitié et une naturelle estime, il demanda la permission de poser une question dernière, une seule question.

« Pose.

– Tu répondras sérieusement?

– Oui.

– Eh bien, en bloc, quel est ton avis sur ce double mystère.

– C'est qu'il n'est pas double.

– Mais si! il y en a deux. D'abord la disparition de Catherine, et, ensuite, l'assassinat de M. Guercin.

– C'est donc M. Guercin qui a été assassiné?

– Oui.

– Eh bien, cela fait un mystère. Où est l'autre?

– Je te le répète. La disparition de Catherine.

– Catherine n'a pas disparu.

– Où serait-elle?

– Dans sa chambre, en train de dormir. »

Béchoux regarda de côté son vieil ami et soupira. Décidément ce garçon ne serait jamais sérieux.

A ce moment, comme ils approchaient des grilles, ils aperçurent une grande femme brune qui, ne pouvant sortir du domaine que gardait un gendarme, planté près de la grille, leur faisait signe de se hâter.

Béchoux s'inquiéta aussitôt.

« La femme de chambre de Bertrande Guercin, murmura-t-il. Exactement comme hier, quand elle est venue m'annoncer la disparition de Catherine. Qu'est-ce que ça peut bien être? »

Et il s'élança, suivi de Raoul.

« Eh bien, Charlotte, qu'est-ce qu'il y a? lui dit-il, en l'entraînant à part. Rien de nouveau, j'espère?

– Mlle Catherine, balbutia la bonne. C'est madame qui m'envoie vous prévenir.

– Parlez donc! Un malheur, hein?

– Au contraire. Mademoiselle est rentrée cette nuit.

– Elle est rentrée, cette nuit!

– Oui, madame priait au chevet de monsieur, quand elle a vu mademoiselle qui arrivait près d'elle en pleurant. Elle était à bout de forces. On a dû la coucher et la soigner.

– Et actuellement?

– Mademoiselle est dans sa chambre et dort.

– Crebleu! dit Béchoux, en regardant de nouveau Raoul. Crebleu!... crebleu de crebleu!... Elle est dans sa chambre, et elle dort! Crebleu! »

Raoul d'Avenac fit un geste qui signifiait :

« Que t'avais-je annoncé? Quand donc admettras-tu, une fois pour toutes, que j'ai toujours raison? »

« Crebleu de crebleu! » répétait Béchoux, qui ne trouvait pas d'autre mot pour exprimer sa stupeur et son admiration.

III

L'ASSASSINAT

Le domaine de la Barre-y-va forme un rectangle, très allongé, d'environ cinq hectares, que divise inégalement la rivière de l'Aurelle. Celle-ci prend sa source en dehors des murs et traverse le parc en suivant toute sa longueur.

A droite, le terrain est assez plat. Il y a d'abord un petit jardin de curé, dans son désordre de plantes vivaces et multicolores, puis le manoir, puis de belles pelouses à l'anglaise. A gauche, un pavillon de chasse abandonné se dresse à l'entrée d'un terrain onduleux qui devient peu à peu plus sauvage et se hérisse de rochers couverts de sapins. Le mur encercle toute la propriété, sur laquelle on peut, de certains points plus élevés des collines avoisinantes, jeter des regards indiscrets.

Au centre de la rivière, une île se relie aux deux rives par les arches d'un pont de bois dont presque tous les madriers sont pourris, au point qu'il est dangereux de le franchir. Dans cette île achève de tomber en ruine un ancien pigeonnier en forme de tour.

Raoul erra de tous côtés, non point à la façon de ces détectives qui semblent des limiers en chasse, reniflant et cherchant d'où vient le vent, mais comme un promeneur qui admire, s'oriente, prend possession du paysage et fait connaissance avec les chemins et les sentiers.

« Tu es fixé? murmura Béchoux à la fin.

– Oui, c'est un joli domaine, pittoresque, et qui me plaît.

– Je ne te parle pas de cela.

– De quoi donc?

– Du meurtre de M. Guercin.

– Ce que tu es crampon! On parlera de cela quand le moment sera venu.

– Le moment est venu.

– Alors, entrons au manoir. »

Ce manoir n'avait pas grand style, simple maison basse, flanquée de deux ailes, recouverte d'un crépi blanchâtre et coiffée d'un toit trop petit.

Deux gendarmes déambulaient devant ses portes et ses fenêtres.

Un large vestibule, d'où partait un escalier à rampe de fer forgé, séparait la salle à manger des deux salons et du billard. Aussitôt après le meurtre, on avait transporté la victime dans un de ces salons, et le corps demeurait là, étendu sous son suaire, entouré de cierges allumés et veillé par deux femmes du pays. Bertrande Guercin priait, à genoux, vêtue de noir.

Béchoux lui dit quelques mots à l'oreille. Bertrande passa dans l'autre salon où il lui présenta Raoul d'Avenac.

« Mon ami... mon meilleur ami... Je vous ai souvent parlé de lui... Il nous aidera. »

Elle ressemblait à Catherine, plus belle que sa sœur peut-être, avec un charme égal, mais un visage abîmé déjà par les peines, et quelque chose de tragique dans le regard, où l'on devinait toute l'horreur du crime commis.

Raoul s'inclina.

« Si votre chagrin peut être atténué, soyez certaine, madame, que le coupable sera découvert et puni.

– C'est toute mon espérance, dit-elle, à voix basse. Je

ferai ce qu'il faudra pour cela. Et tous ceux qui m'entourent aussi, n'est-ce pas, Charlotte? ajouta-t-elle en s'adressant à sa bonne.

– Madame peut compter sur moi », dit celle-ci gravement et en tendant le bras comme pour une promesse sacrée.

On entendait un ronflement de moteur. La grille fut ouverte et deux automobiles apparurent.

Le valet de chambre, Arnold, entra vivement. C'était un homme d'une cinquantaine d'années, mince, très brun de peau, habillé comme un garde plutôt que comme un domestique.

« Les magistrats, monsieur, dit-il à Béchoux. Il y a aussi deux médecins : celui de Lillebonne, qui est venu hier, et un médecin légiste. Madame doit-elle les attendre ici? »

Ce fut Raoul qui répondit, d'une voix nette, sans hésitation :

« Un instant. Deux questions sont à envisager. L'attentat contre M. Guercin, d'abord. De ce côté, laissons toute latitude à la justice et que l'enquête se déroule comme il se doit. Mais, du côté de votre sœur, madame, prenons toutes les précautions nécessaires. Les gendarmes ont-ils été avertis de sa disparition, hier?

– Forcément, dit Béchoux, puisque cette disparition nous semblait la conséquence d'un meurtre, et que nos recherches visaient le coupable de ce meurtre-là et du meurtre de M. Guercin.

– Mais, quand elle est rentrée, ce matin, a-t-elle été surprise par un des plantons?

– Non, affirma Bertrande. Non. Selon ce que m'a raconté Catherine, elle s'est glissée par une petite porte du jardin dont elle avait la clef, et elle a pu pénétrer par une fenêtre du rez-de-chaussée sans que personne l'aperçût.

– Et depuis, il n'a pas été question de son retour?

– Si, déclara le domestique Arnold. J'ai dit tout à l'heure au brigadier de gendarmerie que nos craintes avaient été fausses, et que mademoiselle, un peu souffrante, s'était endormie hier, dans une pièce isolée, une ancienne lingerie où on l'a retrouvée dans la soirée.

– Bien, dit Raoul, l'histoire vaut ce qu'elle vaut, mais il faudra s'y maintenir, et je vous demanderai de vous entendre avec votre sœur, madame. Ce qu'elle a fait dans sa journée, ce qu'elle est devenue, ne regarde pas la justice. Il n'y a qu'une affaire, celle du crime, et l'enquête ne sortira pas des limites que nous lui assignons. N'est-ce pas ton avis, Béchoux?

– Tu vois la situation exactement comme moi », prononça Béchoux, d'un air important.

Tandis que les deux médecins examinaient le corps, il y eut, dans la salle à manger, une première prise de contact entre les hôtes du manoir et les magistrats. Un des gendarmes lut son rapport. Le juge d'instruction (il s'appelait M. Vertillet) et le substitut du procureur de la République posèrent quelques questions. Mais tout l'intérêt de l'enquête résidait dans la déposition de Béchoux, lequel était connu des magistrats, et qui parla, non pas comme policier, mais comme témoin même des faits auxquels il avait assisté.

Béchoux présenta son ami Raoul d'Avenac qui, par un heureux hasard, dit-il, était de séjour chez lui, et, lentement, avec des mots choisis, avec des parenthèses qui entravaient son discours, et avec une intonation d'homme qui ne parle que de ce qu'il sait, mais qui en parle comme il faut en parler, il s'exprima de la sorte :

« Je dois préciser que, hier, au manoir, nous étions – je dis nous, car ces dames veulent bien me considérer depuis deux mois comme un familier de la maison –, nous étions dans un état d'inquiétude tout à fait particulier, et d'ailleurs sans cause valable. Pour des motifs sur lesquels il est inutile de s'appesantir, nous nous imaginions qu'il était arrivé à Mlle Montessieux un accident quelconque, et j'avoue que moi, tout le premier, par une aberration contre laquelle mon expérience en la matière aurait dû me mettre en garde, je m'abandonnais à des appréhensions que la réalité ne justifiait pas, puisque Catherine Montessieux, après un bain dans la rivière, fatiguée sans doute, et mal en train, était revenue se reposer sans qu'aucun des habitants de ce manoir – je n'y étais pas alors – l'eût aperçue, et en laissant derrière elle un peignoir qui pouvait nous faire supposer... »

Béchoux s'arrêta, empêtré dans son interminable phrase. Puis, jetant un coup d'œil d'intelligence à Raoul, comme pour lui dire : « Hein, voilà Catherine tirée d'affaire... » il reprit, sans la moindre gêne :

« Bref, il était trois heures. Appelé en hâte au manoir, j'avais collaboré aux inutiles recherches et nous avions déjeuné, assez anxieux comme je vous l'ai dit, mais d'une anxiété qui se mêlait tout de même d'un certain espoir. « Puisqu'on ne trouve rien, insinuais-je, nous devons envi- « sager l'hypothèse d'un malentendu qui s'éclaircira de lui- « même. » Mme Guercin, un peu plus calme, était montée dans sa chambre. Arnold et Charlotte déjeunaient dans la cuisine – comme vous avez pu vous en rendre compte, cette cuisine est à droite, au bout du manoir et ouvre sur ce côté de la façade; – M. Guercin et moi, nous devisions sur l'incident et tâchions de le réduire à ses véritables proportions, lorsque M. Guercin me dit :

« – Somme toute, nous n'avons pas visité l'île.

« – Pour quoi faire? lui dis-je. – Je vous rappelle, « monsieur le juge d'instruction, que M. Guercin n'était « arrivé que de l'avant-veille, qu'il n'avait pas pénétré « depuis des années dans le domaine de la Barre-y-va et, « par conséquent, qu'il ignorait des détails que nous « connaissions tous, puisque nous étions là depuis plus de

« deux mois. – Pour quoi faire? lui dis-je, le pont est à « moitié démoli, et on ne le traverse qu'en cas d'urgence.

« – Cependant, reprit M. Guercin, comment va-t-on « de l'autre côté de la rivière?

« – On n'y va guère, répondis-je, et il n'y a aucune rai- « son pour que, après son bain, Mlle Catherine ait eu l'en- « vie de se promener, soit dans l'île, soit sur l'autre rive.

« – En effet... en effet... murmura-t-il. Mais, tout « de même, je vais faire un tour par là. »

Béchoux s'interrompit de nouveau et, s'avançant jusqu'au seuil, pria M. Vertillet et le substitut de le rejoindre sur une étroite bande de ciment qui courait le long du rez-de-chaussée.

« Cette conversation eut lieu ici, monsieur le juge d'instruction. Je ne bougeai pas de cette chaise de fer que voilà, tandis que M. Guercin s'éloignait. Vous vous rendez bien compte des lieux et des distances, n'est-ce pas? J'estime qu'une ligne droite qui irait de cette terrasse à l'entrée du pont mesurerait tout au plus quatre-vingts mètres. C'est vous dire – et vous le constatez vous-même – qu'une personne placée sur cette terrasse voit clairement tout ce qui se passe au-dessus de la première arche du pont, de même qu'au-dessus de la seconde arche qui enjambe l'autre bras de la rivière, et qu'elle aperçoit aussi nettement tout ce qui se passe à la surface de la petite île. Pas d'arbres. Pas même d'arbustes. Comme seul obstacle à la vue, la vieille tour du pigeonnier. Mais, dans la partie où le drame se produisit, c'est-à-dire devant cette tour, nous avons le droit d'affirmer que le paysage est absolument nu. Personne ne peut s'y cacher... personne, j'appuie sur ce point.

– Sauf à l'intérieur de la tour, nota M. Vertillet.

– Sauf à l'intérieur, approuva Béchoux. Mais cela, nous en causerons. En attendant, M. Guercin suit cette allée de gauche, qui contourne la pelouse, prend ce sentier mal entretenu, puisque à peu près inutilisé, qui conduit au pont, et pose le pied sur la première planche du sommier. Essai méfiant, à tâtons, avec une main qui se cramponne à la rampe branlante. Puis la tentative se poursuit, plus rapide, et voilà M. Guercin dans l'île. C'est alors seulement que le but de cette expédition m'apparaît, M. Guercin va droit à la porte du pigeonnier.

– Nous pourrions nous en approcher? fit remarquer M. Vertillet.

– Non, non, s'écria vivement Béchoux. Nous devons voir le drame d'ici. Vous devez, monsieur le juge d'instruction, vous le représenter tel que je le vis, de la même place, et sous le même angle visuel. Sous le même angle visuel, répéta-t-il, très fier de son expression. Et je dois dire en outre que je n'étais pas, que je ne fus pas le seul témoin du drame. M. Arnold, qui avait fini de déjeuner, fumait une cigarette, debout sur cette même terrasse où nous nous trouvons et devant la cuisine, c'est-à-dire comme vous pouvez vous en assurer, à vingt mètres à notre droite. Et lui aussi, il suit des yeux M. Guercin. La situation est bien nette dans votre esprit, monsieur le juge d'instruction?

– Continuez, monsieur Béchoux. »

Béchoux continua :

« Par terre, comme sur tout le sol de l'île, il y a des ronces, des orties, tout un emmêlement de plantes rampantes qui entravent la marche, et j'ai tout le temps de me demander pourquoi M. Guercin se dirige vers le pigeonnier. Nulle raison pour que Mlle Catherine s'y soit réfugiée. Alors? La curiosité? Un besoin de se rendre compte? Toujours est-il que M. Guercin est à quatre pas, à trois pas de la porte. Vous la voyez distinctement cette porte, n'est-ce pas? Elle est face à nous, basse, en forme de voûte, pratiquée dans le soubassement de gros moellons sur lequel s'appuie le mur arrondi. Un cadenas la tient close et deux larges verrous. M. Guercin se baisse et manipule le cadenas qui cède aussitôt, pour une cause très simple que vous constaterez tout à l'heure : un des pitons s'est desserti de la pierre où on l'avait enfoncé. Restent les deux verrous. M. Guercin manœuvre celui du haut, puis celui du bas. Il saisit la clenche et tire le battant vers lui. Et alors, brusquement, le drame! Un coup de feu, avant qu'il ait eu le temps de se protéger par un geste du bras ou par un mouvement de recul, avant même qu'il paraisse avoir le temps de discerner qu'il y a attaque, un coup de feu brusque. M. Guercin tombe. »

Béchoux se tut. Son récit, bien débité, avec une conviction haletante qui trahissait l'effroi ressenti par lui, la veille, avait produit de l'effet. Mme Guercin pleurait. Les magistrats, intrigués, attendaient des explications. Raoul d'Avenac écoutait sans manifester ses impressions. Et, dans le silence, maître de ses auditeurs, Béchoux acheva :

« Il est hors de doute, monsieur le juge d'instruction, que le coup fut tiré de l'intérieur. De cela, vingt preuves pour une. J'en noterai deux. D'abord, l'impossibilité de se dissimuler en dehors de cet endroit, puis toute la fumée qui s'échappa de l'intérieur et qui monta par l'entrebâillement, le long du mur. Bien entendu je ne perdis pas une seule seconde à établir en moi cette certitude. Mais elle s'imposa tout de suite, et, tandis que je m'élançais, tandis que M. Arnold, me rejoignant, courait à mes côtés, suivi de près par la femme de chambre, je me disais : « L'assassin est là, derrière cette porte... et comme il est « armé, j'essuierai le feu de son revolver... » Bien que je ne l'eusse pas vu, puisque le battant de la porte me cachait ce qui se passait à l'intérieur, il ne pouvait y avoir le moindre doute qui ébranlât mon absolue conviction. Et cependant, lorsque, M. Arnold et moi, nous eûmes franchi le pont — et je vous jure, monsieur le juge d'instruction, que ni l'un ni l'autre nous ne prîmes de précaution pour le franchir – lorsque nous fûmes arrivés devant l'ouverture béante, personne n'était là, revolver au poing... personne !

– C'est, évidemment, qu'on se cachait dans la tour, fit vivement M. Vertillet.

– Je n'en doutai pas, dit Béchoux. Par précaution, je donnai l'ordre à M. Arnold et à Charlotte de veiller par-derrière, au cas où il y aurait une fenêtre ou quelque issue, et je m'agenouillai près de M. Guercin. Il agonisait, incapable de prononcer autre chose que des mots incohérents. Je défis sa cravate, son col, et entrouvris sa chemise, toute tachée de sang. A ce moment, Mme Guercin qui avait entendu la détonation me rejoignait. Son mari mourut dans ses bras. »

Il y eut une pause. Les deux magistrats échangèrent quelques paroles à voix basse. Raoul d'Avenac réfléchissait.

« Maintenant, dit Béchoux, si vous voulez m'accompagner, monsieur le juge d'instruction, je vous donnerai sur place les renseignements complémentaires. »

M. Vertillet acquiesça. Béchoux, de plus en plus gonflé d'importance, grave et solennel, montra le chemin, et ils allèrent tous jusqu'au pont, qu'un examen rapide montra plus solide qu'on ne le croyait. En réalité, s'il remuait, certaines planches, et surtout les poutres transversales, étaient en assez bon état, et on pouvait s'y aventurer sans péril.

La tour de l'ancien pigeonnier était trapue et peu élevée, avec un appareillage de cailloux noirs et de cailloux blancs disposés en damier, et des lignes de menues briques très rouges. Les trous qui servaient jadis de niches aux pigeons avaient été bouchés avec du ciment. Une partie du toit manquait, et le faîte des murs s'effritait.

Ils entrèrent. La lumière tombait d'en haut, entre les

poutres du toit, sur lesquelles il n'y avait presque plus d'ardoises. Le sol était boueux et jonché de débris, avec des flaques d'eau noire.

« Vous avez visité et fouillé, monsieur Béchoux? demanda M. Vertillet.

– Oui, monsieur le juge d'instruction, riposta le brigadier d'un ton qui signifiait que la visite et que les fouilles avaient été pratiquées comme personne n'aurait pu le faire à sa place. Oui, monsieur, et il me fut facile, au premier coup d'œil, de voir que l'assassin n'était pas dans la partie visible qui s'étend devant nous. Mais, ayant interrogé Mme Guercin, j'appris qu'elle se souvenait de l'existence d'un étage inférieur, où, tout enfant, elle descendait par une échelle, avec son grand-père. Aussitôt, ne voulant pas que l'on touchât à rien d'essentiel, je donnai l'ordre à M. Arnold de courir à bicyclette et de prévenir un médecin de Lillebonne ainsi que la gendarmerie. Et, tandis que Mme Guercin priait près de son mari, et que Charlotte allait chercher des couvertures pour l'étendre et un drap pour le recouvrir, je commençai mes investigations.

– Seul?

– Seul, dit Béchoux, et ce mot prit dans sa bouche autant d'ampleur que si Béchoux avait représenté – et avec quelle autorité! – toutes les forces de la police et toutes les puissances de la justice.

– Et ce fut long?

– Ce fut bref, monsieur le juge d'instruction. Tout d'abord, par terre, dans cette flaque d'eau, je découvris l'arme qui avait servi au crime. Un browning à sept coups. Vous l'y voyez à la même place. Ensuite, je trouvai, sous cet amas de pierres, une trappe que je soulevai et où s'accrochent les deux montants d'un petit escalier de bois qui tourne sur lui-même et descend à cet étage inférieur dont se souvient Mme Guercin. Il était vide.

Voulez-vous prendre la peine de m'y accompagner, monsieur le juge d'instruction? »

Béchoux alluma sa lanterne de poche et conduisit les magistrats. Raoul les suivait.

C'était une salle carrée, inscrite dans la circonférence de la tour, voûtée, basse, et qui mesurait peut-être cinq mètres sur cinq. L'eau du premier étage s'infiltrait par les crevasses de la voûte, ce qui formait bien un demi-pied de vase. Ainsi que le fit remarquer Béchoux, cette sorte de cave était éclairée jadis à l'électricité, car les fils et toute l'installation se voyaient encore. Une odeur d'humidité et de pourriture vous prenait à la gorge.

« Et personne, monsieur Béchoux, ne s'était réfugié là non plus? interrogea M. Vertillet.

– Personne.

– Pas de cachette?

– Une seconde visite, effectuée cette fois avec un des gendarmes, m'a convaincu qu'il n'y en avait pas, et d'ailleurs comment pourrait-on respirer dans un réduit encore plus souterrain? C'est déjà un problème que j'ai du mal à résoudre pour cette cave.

– Mais que vous avez résolu?...

– Oui. Il y a une conduite d'air qui traverse la voûte et le soubassement de la tour, et qui ouvre de la sorte au-dessus du niveau de l'eau, même aux époques de forte marée. Je vous la montrerai dehors, par derrière le pigeonnier. Elle est, du reste, à moitié obstruée.

– Et alors, monsieur Béchoux, vos conclusions?

– Je n'en ai pas, monsieur le juge d'instruction, je vous avoue humblement que je n'en ai pas. Je sais que M. Guercin a été assassiné par quelqu'un qui se trouvait dans la tour, mais ce qu'est devenu ce quelqu'un, je l'ignore. Et pourquoi a-t-il tué M. Guercin? Est-ce qu'il le guettait? Est-ce qu'il a été surpris? Est-ce un crime de vengeance, ou de cupidité, ou de hasard? Je l'ignore.

Quelqu'un, je le répète, qui était dans cette tour, derrière cette porte, a tiré un coup de revolver... voilà, jusqu'à nouvel ordre, tout ce qu'on peut dire, monsieur le juge d'instruction, et toutes nos recherches, ainsi que les recherches subséquentes de la gendarmerie, n'ont pas abouti à une portion plus grande de vérité. »

La déclaration de Béchoux était si catégorique qu'il semblait qu'on se heurtât à un mystère qu'on n'éclaircirait jamais. C'est ce que M. Vertillet lui fit remarquer, non sans une certaine ironie.

« Il faut pourtant bien que l'assassin soit quelque part. A moins de s'être enfoncé sous terre, ou de s'être envolé dans le ciel, il est inadmissible qu'il se soit volatilisé, comme votre récit tendrait à le faire croire.

– Cherchez, monsieur le juge d'instruction, dit Béchoux, d'un ton piqué.

– Nous chercherons, bien entendu, brigadier, et je suis sûr que notre collaboration produira d'heureux résultats. Il n'y a pas de miracle en matière criminelle. Il y a des procédés et des trucs plus ou moins habiles. Nous trouverons ceux-là. »

Béchoux sentit que l'on n'avait plus besoin de lui, son rôle était fini pour l'instant. Il prit Raoul d'Avenac par le bras et l'entraîna.

« Qu'est-ce que tu en dis?

– Moi? rien.

– Mais tu as une idée?

– Sur quoi?

– Sur l'assassin... sur la façon dont il s'est enfui?...

– Des tas d'idées.

– Cependant je t'observais. Tu avais l'air de penser à autre chose, de t'ennuyer.

– C'est ton récit qui m'ennuyait, Béchoux. Dieu, que tu as été long et filandreux! »

Béchoux regimba.

« Ma déposition a été un modèle de concision et de lucidité. J'ai dit tout ce qu'il fallait dire et rien de plus, de même que j'ai fait tout ce qu'il fallait faire.

– Tu n'as pas fait tout ce qu'il fallait faire, puisque tu n'as pas abouti.

– Et toi? Avoue que tu n'es guère plus avancé que moi.

– Beaucoup plus avancé.

– En quoi? Tu m'as confié toi-même que tu ne savais rien.

– Je ne sais rien. Mais je sais tout.

– Explique-toi.

– Je sais comment les choses se sont passées.

– Hein?

– Avoue que c'est énorme de savoir comment ça s'est passé.

– Énorme... énorme... balbutia Béchoux, qui s'écroula soudain tout d'une pièce et qui le regardait comme toujours d'un œil rond. Et tu peux me dire?...

– Ah! ça, non, par exemple!

– Pour quelle raison?...

– Tu ne comprendrais pas. »

IV

ATTAQUES

Béchoux ne protesta point contre cette affirmation et ne songea même pas à s'en offusquer. Pour lui, Raoul en cette occurrence, comme dans toutes les autres, discernait des choses que personne n'apercevait. Alors, comment se froisser si Raoul ne le traitait pas avec plus de considération qu'il ne traitait le juge d'instruction ou le substitut du Procureur?

Mais il se cramponna au bras de son ami, et, tout en le menant à travers le parc, il pérorait sur la situation dans l'espoir d'obtenir quelque réponse aux questions qu'il posait d'un air réfléchi, et comme à lui-même.

« Que d'énigmes, en tout cas! Que de points à éclaircir! Pas besoin de te les énumérer, n'est-ce pas? Tu te rends compte aussi bien que moi, par exemple, que l'on ne peut pas admettre qu'un homme, à l'affût dans la tour, y soit resté après son crime, puisqu'on ne l'y a pas retrouvé – et pas davantage qu'il se soit enfui, puisqu'on ne l'a pas vu s'enfuir... – Alors? Et la raison du crime? Comment! M. Guercin était là depuis la veille et l'individu qui voulait se débarrasser de lui – car on tue pour se débarrasser de quelqu'un – cet individu aurait deviné que M. Guercin franchirait le pont et ouvrirait la porte du pigeonnier? Invraisemblable! »

Béchoux fit une pause et observa le visage de son compagnon. Raoul ne bronchait pas. Il reprit :

« Je sais... tu vas m'objecter que ce crime fut peut-être le résultat d'un hasard et qu'il fut commis parce que M. Guercin pénétrait dans le repaire du bandit. Hypothèse absurde. (Béchoux répéta ce mot d'un ton dédaigneux, comme s'il méprisait Raoul pour avoir imaginé une telle hypothèse.) Oui, absurde, car M. Guercin mit bien deux ou trois minutes à forcer le cadenas, et l'individu aurait eu vingt fois le temps de se cacher à l'étage inférieur. Tu confesseras que mon raisonnement est irréfutable, et qu'il faut que tu m'opposes une autre version. »

Raoul n'opposa rien du tout. Il se taisait.

Sur quoi Béchoux changea ses batteries et attaqua un autre sujet.

« C'est comme pour Catherine Montessieux. Là encore, rien que des ténèbres. Qu'a-t-elle fait dans la journée d'hier? Par où a-t-elle disparu? Comment est-elle rentrée, et à quelle heure? Mystère. Et mystère plus encore pour toi que pour moi, puisque tu ignores tout le passé de cette jeune personne, ses craintes plus ou moins fondées, ses lubies, enfin tout.

— Absolument tout.

— Moi aussi, d'ailleurs. Mais tout de même il y a certains points essentiels sur lesquels je pourrais te renseigner.

— Ça ne m'intéresse pas pour l'instant. »

Béchoux s'irrita.

« Mais enfin, saperlipopette, rien ne t'intéresse? A quoi penses-tu?

— A toi.

— A moi?

— Oui.

— Et dans quel sens?

— Dans le sens habituel où je pense à toi.

— C'est-à-dire comme à un imbécile.

— Pas du tout, mais comme à un être éminemment logique, et qui n'agit qu'à bon escient.

— De sorte que?

— De sorte que je me demande depuis ce matin pourquoi tu es venu à Radicatel?

— Je te l'ai dit. Pour me guérir des suites d'une pleurésie.

— Tu as eu raison de vouloir te soigner, mais tu pouvais le faire ailleurs, à Pantin ou à Charenton. Pourquoi as-tu choisi ce patelin? C'est le berceau de ton enfance?

— Non, dit Béchoux, embarrassé. Mais cette chaumière appartenait à un de mes amis, et alors...

— Tu mens.

— Dis donc!...

— Fais voir ta montre, délicieux Béchoux. »

Le brigadier tira de son gousset sa vieille montre d'argent qu'il fit voir à Raoul.

« Eh bien, dit celui-ci... veux-tu que je te dise ce qu'il y a sous ce boîtier?

— Rien, dit Béchoux, de plus en plus gêné.

— Si, il y a un petit carton, et ce petit carton, c'est la photographie de ta maîtresse.

— Ma maîtresse?

— Oui, la cuisinière.

— Qu'est-ce que tu chantes?

— Tu es l'amant de Charlotte, la cuisinière.

— Charlotte n'est pas une cuisinière, elle est une sorte de dame de compagnie.

— Une dame de compagnie qui fait la cuisine et qui est ta maîtresse.

— Tu es fou.

— En tout cas tu l'aimes.

— Je ne l'aime pas.

— Alors pourquoi gardes-tu cette photographie sur ton cœur?

– Comment le sais-tu?

– J'ai consulté ta montre, la nuit dernière, sous ton oreiller. »

Béchoux murmura :

« Fripouille!... »

Il était furieux, furieux d'avoir été dupé de nouveau, et plus encore d'être, pour Raoul, un objet de raillerie. L'amant de la cuisinière!

« Je te répète, dit-il, l'intonation saccadée, que Charlotte n'est pas une cuisinière mais une dame de compagnie, une lectrice, presque une amie de Mme Guercin, qui apprécie ses grandes qualités de cœur et d'esprit. J'ai eu le plaisir de faire sa connaissance à Paris, et, lorsque je suis entré en convalescence, c'est elle qui m'a parlé de cette chaumière à louer et du bon air que l'on respirait à Radicatel. Dès mon arrivée, elle m'a fait recevoir chez ces dames qui voulurent bien m'accueillir tout de suite comme un familier. Voilà toute l'histoire. C'est une femme d'une vertu éprouvée, et je la respecte trop pour lui demander d'être son amant.

– Son mari alors?

– Cela me regarde.

– Certes. Mais comment cette dame de compagnie de si grand cœur et de si bel esprit accepte-t-elle de vivre dans la société du valet de chambre?

– M. Arnold n'est pas un valet de chambre, mais un intendant pour qui nous avons tous de la considération et qui sait se tenir à sa place.

– Béchoux, s'écria Raoul gaiement, tu es un sage et un veinard. Mme Béchoux te fera de bons petits plats, et je prendrai pension chez vous. D'ailleurs je la trouve très bien, ta fiancée... de l'allure... du charme... de jolies formes rebondies... Si, si, je suis un connaisseur, tu sais... »

Béchoux pinça les lèvres. Il n'aimait pas beaucoup ces

plaisanteries, et il y avait des moments où Raoul l'agaçait avec son air de supériorité gouailleuse.

Il coupa court à l'entretien.

« Assez là-dessus. Voici justement Mlle Montessieux, et ces questions n'ont aucun intérêt pour elle. »

Ils avaient regagné le manoir et, dans la pièce où se tenait une heure auparavant Mme Guercin, Catherine apparaissait, hésitante et toute pâle. Béchoux allait présenter son ami lorsque celui-ci s'inclina, embrassa la main de la jeune fille, et lui dit affectueusement :

« Bonjour, Catherine. Comment allez-vous? »

Béchoux demanda, confondu :

« Quoi! Est-ce possible! tu connais donc mademoiselle?

— Non. Mais tu m'as tellement parlé d'elle! »

Béchoux les observa tous les deux et demeura pensif. Qu'est-ce que cela voulait dire? Raoul avait-il eu l'occasion de se mettre au préalable en rapport avec Mlle Montessieux, et n'était-il point intervenu déjà en sa faveur, se jouant de lui une fois de plus? Mais tout cela était bien compliqué et bien inconcevable. Trop d'éléments lui manquaient pour reconstituer la vérité. Exaspéré, il tourna le dos à Raoul, et s'en alla avec des gestes de courroux.

Aussitôt Raoul d'Avenac s'excusa en s'inclinant.

« Vous me pardonnerez, mademoiselle, ma familiarité. Mais je vous dirai franchement que, pour garder mon ascendant sur Béchoux, je le tiens toujours en haleine par de jolis coups de théâtre, un peu puérils à l'occasion, qui lui semblent autant de prodiges et me donnent à ses yeux des allures de sorcier et de démon. Il fulmine, s'en va et me laisse tranquille. Or, j'ai besoin de mon sang-froid pour dénouer cette affaire. »

Il eut l'impression que tout ce qu'il faisait ou pourrait faire aurait toujours l'approbation de la jeune fille. Depuis la première heure, elle était comme sa captive, et se soumettait à cette autorité pleine de douceur.

Elle lui tendit la main.

« Agissez à votre guise, monsieur. »

Elle lui parut si lasse qu'il la pressa de rester à l'écart et d'éviter, autant que possible, l'interrogatoire du juge d'instruction.

« Ne bougez pas de votre chambre, mademoiselle. Jusqu'à ce que je voie plus clair, nous devons prendre des précautions contre toute offensive imprévue.

– Vous avez des craintes, monsieur? dit-elle, en vacillant.

– Aucune, mais je me défie toujours de ce qui est obscur et invisible. »

Il lui demanda et fit demander à Mme Guercin l'autorisation de visiter le manoir de fond en comble. M. Arnold fut chargé de l'accompagner. Il visita le sous-sol et le rez-de-chaussée, puis monta au premier étage où toutes les chambres ouvraient sur un long corridor. Les pièces étaient petites et basses, toutes compliquées par des alcôves, des coins et recoins qui servaient de cabinets de toilette, toutes habillées encore de leurs boiseries du XVIIIe siècle, ornées de trumeaux, et meublées de chaises et de fauteuils que garnissaient des tapisseries faites à la main et défraîchies. Entre l'appartement de Bertrande et de Catherine, il y avait la cage de l'escalier.

Cet escalier conduisait à un second étage composé d'un vaste grenier qu'encombraient des tas d'ustensiles hors d'usage et que flanquaient, à droite et à gauche, des mansardes pour les domestiques, inoccupées et démeublées presque toutes. Charlotte couchait à droite, au-dessus de Catherine, M. Arnold à gauche, au-dessus de Bertrande. Toutes les fenêtres, aux deux étages, avaient vue sur le parc.

Son inspection terminée, Raoul retourna dehors. Les magistrats continuaient leur enquête, accompagnés par Béchoux. Comme ils s'en revenaient, il obliqua vers le mur où se trouvait la petite porte que Catherine avait utilisée pour s'introduire le matin dans le domaine. Des massifs d'arbustes et les décombres d'une serre écroulée dont le lierre avait pris possession encombraient cette partie du jardin. Il avait conservé la clef et put sortir à l'insu de tous.

A l'extérieur, le sentier continuait à longer le mur et montait avec lui les premières rampes des collines. On quittait la Barre-y-va, que l'on surplombait ensuite, et l'on passait entre des vergers et la lisière d'un bois, pour aboutir à un premier plateau où se groupaient une vingtaine de chaumières et de maisons que dominait le château de Basmes.

Le corps principal, encadré de quatre tourelles, présentait exactement les mêmes lignes que le manoir, qui semblait n'en être qu'une copie réduite. C'est là que demeurait cette comtesse de Basmes qui s'opposait au mariage de son fils Pierre avec Catherine et qui avait séparé les deux fiancés. Raoul fit le tour, puis déjeuna dans une auberge du hameau où il bavarda avec des paysans. On connaissait dans le pays les amours contrariées des jeunes gens. Souvent on les avait surpris qui se rejoignaient dans le bois voisin et qui restaient assis, les mains enlacées. Depuis quelques jours, on ne les avait pas aperçus.

« Tout cela est clair, pensa Raoul. La comtesse, ayant obtenu de son fils qu'il partît en voyage, les rendez-vous ont été suspendus. Hier matin, lettre du jeune homme annonçant à Catherine son départ. Catherine, affolée, s'échappe de la Barre-y-va et court au lieu ordinaire de leurs entrevues. Le comte Pierre de Basmes n'y est pas. »

Raoul d'Avenac redescendit vers ce petit bois qu'il avait longé en montant et pénétra sous des frondaisons épaisses où un passage était frayé parmi les taillis. Il arriva ainsi au seuil d'une clairière, qu'un talus d'arbres entourait et où s'allongeait, en face, un banc rustique. Sans nul doute, c'était là que se retrouvaient les deux fiancés. Il s'y assit et fut très étonné, au bout de quelques minutes, de discerner, à l'extrémité d'une coulée qui filait entre les tiges des arbres, quelque chose qui bougeait, dix ou quinze mètres plus loin. C'étaient des feuilles mortes, accumulées au même endroit, et que soulevait un mouvement insolite.

Il se glissa jusque-là. Le remous s'accrut, et il entendit un gémissement. Quand il eut atteint l'endroit, il vit surgir une étrange tête de vieille femme, que couronnait une chevelure ébouriffée et comme tressée de brindilles et de mousse. En même temps, un corps maigre, vêtu de haillons, se dégageait du lit de feuilles qui le recouvrait comme un suaire.

Le visage était blême, bouleversé par l'effroi, avec des yeux hagards. Elle retomba sans forces, en se plaignant, et en se tenant la tête comme si on l'avait frappée et qu'elle souffrît cruellement.

Raoul la questionna. Elle ne répondit que par des lamentations incohérentes, et, comme il ne savait que faire d'elle, il retourna au hameau de Basmes et revint avec l'aubergiste, qui lui raconta :

« Bien sûr, c'est la mère Vauchel, une vieille radoteuse, qui n'a plus toute sa raison depuis que son fils est mort. Il était bûcheron, le fils, et un chêne qu'il abattait l'a écrasé par le travers. Elle a bien souvent travaillé au manoir, où elle sarclait les allées du temps de M. Montessieux. »

L'aubergiste reconnut en effet la mère Vauchel. Raoul et lui la transportèrent dans la misérable cabane qu'elle habitait à quelque distance du bois et la couchèrent sur un matelas. Elle continuait à pousser des bégaiements où Raoul, à la fin, recueillit ces quelques mots qui revenaient plus souvent :

« Trois chaules, que je vous dis, ma belle demoiselle... trois chaules... et ch'est c'monsieur-là, que j'vous dis...

et c'est à vous qu'il en a... il vous tuera, ma belle demoiselle... prenez garde...

– Elle a la berlue, ricana l'aubergiste, en s'en allant. Adieu, la mère Vauchel, tâchez moyen de dormir. »

Elle pleurait doucement, la tête toujours pressée entre ses mains tremblantes, et la figure douloureuse. En se penchant sur elle, Raoul vit qu'un peu de sang s'était coagulé entre les mèches grises. Il l'étancha avec un mouchoir trempé dans une cruche, et lorsqu'elle se fut assoupie, plus paisible, il retourna vers la clairière. Il lui suffit de se baisser pour retrouver, près du tas de feuilles, une grosse racine fraîchement coupée et qui formait massue.

« Nous y sommes, se dit-il, la mère Vauchel a été frappée, puis traînée jusque-là, ensevelie sous les feuilles, et laissée pour morte. Qui a fait le coup, et pourquoi l'a-t-on fait? Doit-on supposer que c'est un seul et même individu qui mène l'intrigue? »

Mais le souci de Raoul provenait des paroles qu'avait prononcées la mère Vauchel... « Ma belle demoiselle. » Cela ne concernait-il point Catherine Montessieux, Catherine rencontrée vingt-quatre heures avant par la folle, alors que la jeune fille errait dans ce bois en quête de son fiancé, Catherine qui avait pris peur de l'effroyable prédiction : « Il vous tuera, ma belle demoiselle... il vous tuera... » et qui s'était enfuie à Paris, pour lui demander secours, à lui, Raoul d'Avenac?

De ce côté, les faits semblaient bien établis. Quant au reste des élucubrations, quant à ce mot incompréhensible des trois « chaules », répété par la vieille, Raoul ne voulut pas s'y attarder. Selon son habitude, il pensa que c'était là de ces énigmes qui se résolvent d'elles-mêmes lorsque le moment est venu.

Il ne rentra qu'à la nuit tombante. Les magistrats et les médecins étaient partis depuis longtemps. Un gendarme demeurait de faction près de la grille.

« Un gendarme, ça n'est pas suffisant, dit-il à Béchoux.

– Pourquoi? fit Béchoux vivement. Il y a donc du nouveau? Tu as des inquiétudes?

– Et toi, Béchoux, tu n'en as pas? dit Raoul.

– Pourquoi en aurait-on? Il s'agit de découvrir quelque chose qui s'est passé, et non de prévenir quelque chose qui pourrait se passer.

– Quelle gourde tu fais, mon pauvre Béchoux!

– Enfin, quoi?

– Eh bien, il y a une menace grave contre Catherine Montessieux.

– Allons donc, c'est sa marotte que tu reprends à ton compte.

– A ton aise, excellent Béchoux, fais comme tu l'entends. Va dîner, fumer ta pipe et roupiller à Béchoux-Palace. Pour moi, je ne démarre pas d'ici.

– Tu veux que nous y couchions? s'écria le brigadier en haussant les épaules.

– Oui, dans ce salon, sur ces deux confortables fauteuils. Si tu as froid, je te confectionne un cruchon. Si tu as faim, je te donne une tartine de confitures. Si tu ronfles, je te fais faire connaissance avec mon pied. Si tu...

– Halte! dit Béchoux en riant. Je ne dormirai que d'un œil.

– Et moi de l'autre. Ça fera le compte. »

On leur servit à dîner. Ils fumèrent et devisèrent amicalement, rappelant leurs souvenirs communs et se racontant des histoires. Deux fois, ils firent des rondes autour du manoir, s'aventurèrent jusqu'à la tour du pigeonnier, et réveillèrent le planton de gendarmerie qui s'assoupissait sur une des bornes de la grille.

A minuit, ils s'installèrent.

« Lequel fermes-tu, Béchoux?

– Le droit.

– Et moi, le gauche. Mais je laisse ouvertes les deux oreilles. »

Un grand silence s'accumulait dans la pièce et autour de la maison. Deux fois Béchoux, qui ne croyait guère au danger, s'endormit si fort qu'il ronfla et reçut un coup de pied à hauteur des mollets. Mais lui-même, Raoul, s'était abandonné depuis une heure au sommeil le plus profond, lorsqu'il bondit sur place. Un cri avait été poussé quelque part.

« Pas vrai, bafouilla Béchoux. C'est une chouette. »

Un autre cri, soudain.

Raoul s'élança vers l'escalier en proférant :

« C'est en haut, dans la chambre de la petite... Ah! crebleu, si on touche à celle-là!...

– Je sors, dit Béchoux. On pincera le type quand il sautera par la fenêtre.

– Et si on la tue pendant ce temps? »

Béchoux rebroussa chemin. Aux dernières marches, Raoul tira un coup de revolver pour que cessât l'attaque, et pour donner l'alarme aux domestiques. A grands coups de poing il ébranla la porte dont un panneau céda. Béchoux, passant le bras, fit manœuvrer le verrou, puis la clef. Ils entrèrent.

La pièce était vaguement éclairée par une veilleuse, et la fenêtre était ouverte. Il n'y avait personne, personne que Catherine, étendue sur son lit et dont les plaintes avaient un air de suffocation comme si elle eût râlé.

« A toi, Béchoux, ordonna Raoul, dégringole dans le jardin. Je m'occupe d'elle. »

A ce moment, il fut rejoint par Bertrande Guercin, et, penchés sur la jeune fille, ils eurent tout de suite l'impression qu'il n'y avait rien à craindre de grave. Elle respirait. Toute haletante encore, elle murmura :

« Il m'étranglait... il n'a pas eu le temps.

– Il vous étranglait, répéta Raoul bouleversé. Ah! le bandit! Et d'où venait-il?

– Je ne sais pas... la fenêtre... je crois...

– Elle était fermée?

– Non... jamais...

– Qui est-ce?

– Je n'ai vu qu'une ombre. »

Elle n'en dit pas davantage. L'épouvante, la douleur l'avaient épuisée. Elle s'évanouit.

V

LES TROIS « CHAULES »

TANDIS que Bertrande soignait sa sœur, Raoul se précipitait vers la fenêtre et retrouvait Béchoux suspendu sur la corniche et se cramponnant au fer du balcon.

« Eh bien, quoi ! dégringole, idiot, fit-il.

– Après? la nuit est noire comme de l'encre. Que fera-t-on de plus, en bas?

– Et ici?

– D'ici, il se peut qu'on voie... »

Il avait tiré sa lanterne de poche qu'il braqua sur le jardin. Raoul en fit autant. Les deux lanternes étaient puissantes et jetaient sur les allées et dans les massifs des plaques de lumière assez vives.

« Tiens, là-bas, dit Raoul... une silhouette...

– Oui, du côté de la serre en ruine... »

Elle bondissait, cette silhouette, par sauts désordonnés qui semblaient plutôt ceux d'une bête folle, et qui étaient certainement destinés à empêcher toute identification du personnage.

« Ne le lâche pas, enjoignit Raoul. Je cours dessus. »

Mais, avant qu'il eût enjambé le balcon, un coup de feu claqua, tiré d'en haut, de l'étage supérieur, indubitablement par le domestique Arnold. Un cri jaillit là-bas, dans le jardin. La silhouette pirouetta sur elle-même, tomba, se releva, tomba de nouveau, et demeura pelotonnée, inerte.

Cette fois Raoul se jeta dans le vide, avec des exclamations de triomphe.

« Nous l'avons! Bravo, Arnold! Béchoux, ne lâche pas la bête fauve avec ta lumière. Dirige-moi. »

Malheureusement, l'ardeur de la lutte ne permit pas à Béchoux d'obéir. Il sauta également, et, quand leurs lampes furent rallumées et qu'ils eurent atteint, près de la serre, l'endroit exact où la bête fauve, selon l'expression de Raoul, gisait, ils ne trouvèrent qu'une pelouse piétinée, foulée, mais pas de cadavre.

« Imbécile! Crétin! hurla Raoul, c'est de ta faute. Il a profité des quelques secondes d'obscurité que tu lui as octroyées.

– Mais il était mort! gémit Béchoux, piteusement.

– Mort comme toi et moi. Tout ça, c'était du chiqué.

– Qu'importe, on va suivre ses traces dans l'herbe. »

Avec l'aide du gendarme qui les avait rejoints, ils passèrent quatre ou cinq minutes courbés sur la pelouse. Mais la piste, à quelques mètres de distance, aboutissait à une allée de petits graviers où elle se perdait. Raoul ne s'obstina point et revint au manoir. Arnold descendait l'escalier avec un fusil.

C'était le coup de revolver de Raoul qui l'avait réveillé. Croyant d'abord qu'il y avait lutte entre le gendarme et le meurtrier de M. Guercin, il ouvrait sa fenêtre et, en se penchant, il apercevait vaguement l'ombre d'un homme qui se jetait de la chambre de Mlle Montessieux. Alors il restait à l'affût et, dès que la projection des lanternes eût repéré le fugitif, il épaulait.

« Dommage, dit-il, que vous ayez éteint. Sans quoi, ça y était. Mais ce n'est que partie remise. Il a du plomb dans l'aile, et il va crever comme une bête puante, sous quelque buisson où on le dénichera. »

On ne dénicha rien. Lorsque Raoul se fut assuré que Catherine, veillée par sa sœur Bertrande et par Charlotte, dormait paisiblement, lorsqu'il eut pris lui-même quelque repos, ainsi que Béchoux, et que, au petit jour, il se mit en chasse, il ne tarda pas à reconnaître que les recherches ne donnaient pas plus de résultat qu'auparavant.

« Bredouilles! dit à la fin Béchoux. Le brigand qui a tué M. Guercin et essayé de tuer Catherine Montessieux doit s'être aménagé, entre les murs de l'enceinte, quelque retraite impénétrable où il se moque de nous. A la première occasion, et dès qu'il sera remis de ses blessures, si tant est qu'il soit blessé, il recommencera.

– Et, cette fois, si nous ne sommes pas plus malins que la nuit dernière, il ne manquera pas Catherine Montessieux, dit Raoul d'Avenac qui n'avait pas oublié les paroles de la mère Vauchel. Béchoux, Béchoux, veillons sur elle. La petite doit être sacrée! »

Le lendemain, après la cérémonie funèbre qui eut lieu à l'église de Radicatel, Bertrande accompagnait à Paris, où il fut enterré, le corps de M. Guercin. Durant son absence, Catherine, prise de fièvre et fort abattue, ne quitta pas son lit. Charlotte couchait près d'elle. Raoul et Béchoux s'étaient installés dans deux chambres contiguës à la sienne. L'un et l'autre, tour à tour, étaient de faction.

L'instruction cependant continuait, mais bornée au seul assassinat de M. Guercin, Raoul ayant fait en sorte que ni le parquet ni la gendarmerie n'eussent connaissance de la tentative effectuée contre Mlle Montessieux. On croyait simplement qu'il y avait eu une alerte nocturne, et un coup de feu motivé par la vision plus ou moins confuse d'une silhouette. Catherine demeurait donc en dehors de l'enquête. Souffrante, elle ne fut interrogée que pour la forme et répondit qu'elle ignorait tout des événements.

Béchoux, lui, s'acharnait. Comme Raoul semblait se

désintéresser de l'affaire, du moins en ce qui concernait les recherches, il avait fait venir de Paris deux de ses camarades, en congé comme lui, avec lesquels il mit en œuvre, suivant l'expression de Raoul, tous les procédés du parfait détective. Le parc fut divisé en secteurs jalonnés, et chacun d'eux en sous-secteurs. Les uns après les autres, puis tous trois ensemble, les trois camarades passèrent de secteurs en sous-secteurs, interrogeant chaque motte de terre, chaque caillou et chaque brin d'herbe. Ce fut en vain. Ils ne découvrirent ni grotte, ni tunnel, ni creux suspect.

« Pas même un trou de souris, plaisantait Raoul, qui s'amusait franchement. Mais as-tu pensé aux arbres, Béchoux? Qui sait? Il s'y cache peut-être quelque anthropoïde meurtrier?

– Enfin, protestait Béchoux indigné, tu te fiches donc de tout?

– De tout... sauf de la délicieuse Catherine, sur qui je veille.

– Je ne t'ai pas fait venir de Paris pour les beaux yeux de Catherine, et encore moins pour pêcher dans la rivière. Car voilà à quoi tu perds ton temps, à regarder un bouchon qui flotte. Est-ce que tu t'imagines que le mot de l'énigme est là?

– Certainement, ricanait Raoul, il est à l'extrémité de ma ligne. Tiens, pige-le dans ce petit tourbillon... et plus loin, au pied de cet arbre qui plonge ses racines. Aveugle que tu es! »

La figure de Théodore Béchoux s'illuminait.

« Tu sais quelque chose? notre homme se cache au fond de l'eau?

– Tu l'as dit! Il a fait son lit dans celui de la rivière. Il y mange. Il y boit. Et il s'y fiche de toi, Théodore. »

Béchoux levait les bras au ciel, et Raoul l'apercevait aussitôt rôdant autour de la cuisine et se glissant auprès de Charlotte à qui il développait ses plans de campagne.

Au bout d'une semaine, Catherine allait beaucoup mieux, et, couchée sur sa chaise-longue, put recevoir Raoul. Dès lors il vint chaque après-midi. Il la distrayait par sa bonne humeur et sa verve.

« Vous n'avez plus peur, hein? Voyons, quoi, s'exclamait-il d'un ton à la fois comique et sérieux, ce qui vous est arrivé est tout naturel. Il n'y a pas de jour où ne se produise une tentative semblable à celle dont vous avez été victime. C'est courant. L'essentiel, c'est que cela ne se reproduise pas contre vous. Or, je suis là. Je sais de quoi notre adversaire ou nos adversaires sont capables, et je réponds de tout. »

La jeune fille resta longtemps sur la défensive. Elle souriait, rassurée, malgré tout, par les plaisanteries et l'air insouciant de Raoul, mais ne répliquait pas quand il l'interrogeait sur certains faits. Ce ne fut qu'à la longue, et avec beaucoup d'adresse et de patience, qu'il la mit, pour ainsi dire, en besoin de confidence. Un jour, la sentant plus expansive, il s'écria :

« Allons, parlez, Catherine – ils étaient arrivés tout naturellement à s'appeler par leur petit nom – parlez comme vous aviez l'intention de le faire quand vous êtes venue me demander secours à Paris. Je me souviens des termes mêmes de votre appel : « Je sais qu'il y a autour de « moi des choses incompréhensibles... et d'autres qui vont « se produire et qui me font peur. » Eh bien, certaines de ces choses qui vous effrayaient d'avance, sans qu'il vous fût possible de les préciser, se sont produites. Si vous voulez écarter de nouvelles menaces, parlez. »

Elle hésitait encore, il lui saisit la main et son regard se posa si tendrement sur la jeune fille qu'elle rougit, et que, pour masquer son embarras, elle parla aussitôt.

« Je suis de votre avis, dit-elle. Mais j'ai gardé de mon enfance solitaire des habitudes, non pas de cachotterie, mais de réserve et de silence. J'étais très gaie, mais en moi-même et pour moi-même. Quand j'ai perdu mon grand-père, j'ai vécu plus renfermée encore. J'aimais beaucoup ma sœur, mais elle s'était mariée et voyageait. Son retour m'a fait du bien, et ce fut pour moi une grande joie de venir habiter ici avec elle. Cependant il n'y eut pas, et il n'y a pas entre nous, malgré notre affection, l'intimité parfaite où l'on se détend et où l'on sent le bonheur d'être ensemble. C'était de ma faute. Vous savez que je suis fiancée, que j'aime de tout mon cœur Pierre de Basmes et qu'il m'aime profondément. Pourtant, entre lui et moi, il y a encore comme une barrière. Et c'est encore une conséquence de ma nature, qui ne se livre pas, et qui se défie de tout élan trop vif et trop spontané. »

Après une pause, elle reprit :

« Cet excès de réserve, acceptable quand il s'agit de sentiments et de secrets féminins, devient absurde quand il s'agit de faits de la vie quotidienne, et surtout de faits exceptionnels et anormaux. C'est néanmoins ce qui s'est passé depuis que je suis à la Barre-y-va. J'aurais dû dire la vérité sur certains événements étranges qui m'ont frappée. Au lieu de cela, je me suis tue, et l'on m'a traitée de fantasque et de déséquilibrée, parce que j'éprouvais des épouvantes qui étaient fondées sur des réalités que je gardais pour moi. Et ainsi je suis devenue inquiète, nerveuse, presque sauvage, incapable de supporter les peines et les terreurs dont je ne voulais cependant partager le poids avec ceux qui m'entouraient. »

Elle demeura longtemps silencieuse. Il brusqua les choses.

« Et voilà que vous êtes encore indécise! dit-il.

— Non.

— Ainsi vous voulez bien me raconter ce que vous ne racontiez à personne?

— Oui.

– Pourquoi?

– Je ne sais pas. »

Catherine dit cela gravement et répéta :

« Je ne sais pas. Mais je ne peux pas faire autrement. Je suis forcée de vous obéir, et en même temps je comprends que j'ai raison de vous obéir. Peut-être mon récit vous semblera-t-il d'abord un peu enfantin, et mes craintes bien puériles. Mais vous comprendrez, j'en suis sûre, vous comprendrez. »

Et aussitôt, sans plus de résistance, elle commença :

« Nous sommes arrivées, ma sœur et moi, à la Barre-y-va le 25 avril dernier, un soir, dans une maison froide, abandonnée depuis la mort de mon grand-père, c'est-à-dire depuis plus de dix-huit mois. On passa la nuit tant bien que mal. Mais le lendemain matin, lorsque j'ouvris ma fenêtre, j'éprouvai la plus grande joie de ma vie à revoir le jardin de mon enfance. Si abîmé qu'il fût, avec ses hautes herbes, ses allées encombrées de mauvaises plantes, ses pelouses jonchées de branches pourries, c'était le cher jardin où j'avais été si heureuse. Tout ce que j'avais eu de bon dans mon passé, je le retrouvais vivant encore, et toujours pareil à mes yeux, dans cet espace clos de murailles où personne, absolument personne, n'avait plus pénétré. Et je n'eus plus qu'une idée, ce fut de rechercher ces souvenirs et de ressusciter ce que je croyais anéanti.

« A peine vêtue, mes pieds nus dans mes sabots d'autrefois, toute frissonnante d'émotion, j'allai refaire connaissance avec mes vieux amis les arbres, avec ma grande amie la rivière, avec les vieilles pierres et les débris de statues dont mon grand-père aimait à joncher les taillis. Tout mon petit monde était là. On eût dit qu'il m'attendait et qu'il accueillait mon retour avec le même attendrissement que je ressentais à marcher à sa rencontre. Mais il y avait un endroit qui, dans ma mémoire, gardait une place sacrée. Il n'était pas de jour, à Paris, où je ne l'évoquais, car il représentait pour moi tous mes rêves d'enfant solitaire et de jeune fille romanesque. Partout ailleurs je jouais et je m'amusais, en proie à mes instincts turbulents. Ici, je ne faisais rien. Je songeais. Je pleurais sans raison. Je regardais, sans les voir, s'agiter les fourmis et voler les mouches. Je respirais pour le plaisir de respirer. Si le bonheur peut être négatif et s'exprimer par de la béatitude engourdie et l'absence totale de pensée, j'ai été heureuse là, entre ces trois saules isolés, couchée dans leurs branches ou me balançant dans un hamac que j'avais accroché d'un arbre à l'autre.

« Je me rendis vers eux comme on se rend à un pèlerinage, ardemment et lentement, l'âme recueillie et les tempes battant d'un peu de fièvre. Je me frayai un chemin parmi les ronces et les orties qui obstruaient les approches du vieux pont, ce vieux pont vermoulu où je dansais autrefois par défi et parce qu'on me défendait de m'y aventurer. Je le franchis. Je traversai l'île et je suivis la rivière en m'élevant par le sentier qui la domine et qui conduit à la région rocheuse du jardin. Des arbustes, poussés depuis mon départ, me cachaient le petit tertre que je voulais atteindre. Je me glissai dans ce taillis épais. J'écartai les branches. Je débouchai, et tout de suite jetai une exclamation de stupeur. *Les trois saules n'étaient pas là.* Ils n'y étaient pas, et voilà qu'en regardant autour de moi avec des yeux effarés, et un véritable désespoir, comme si les êtres les plus chers avaient manqué à mon rendez-vous, voilà que cent mètres plus loin, de l'autre côté des roches, et après un tournant de la rivière, je les apercevais tout à coup, mes trois arbres disparus... les mêmes, je vous assure, les mêmes, placés comme autrefois en éventail, et tournés dans la direction du manoir d'où je les avais si souvent contemplés. »

Catherine s'interrompit et observa Raoul, non sans

quelque inquiétude. En vérité, il ne souriait pas. Non, il n'avait pas l'air de se moquer, et l'on eût dit au contraire que l'importance dramatique qu'elle donnait à sa découverte lui paraissait toute légitime.

« Vous êtes certaine que personne n'a pénétré dans le domaine de la Barre-y-va depuis la mort de votre grand-père?

– On a peut-être franchi le mur. Mais nous avions à Paris toutes les clefs, et, quand nous sommes revenues ici, aucune serrure n'était fracturée.

– Alors il est une explication qui se présente forcément à l'esprit, c'est que vous vous êtes trompée, et que les trois arbres ont toujours été où vous les avez retrouvés. »

Catherine tressaillit et protesta avec une vivacité excessive.

« Ne dites pas cela! Non, ne faites pas une pareille supposition! Je ne me suis pas trompée! Je ne pouvais pas me tromper! »

Elle l'entraîna dehors, et ils firent ensemble le trajet indiqué par elle. Ils remontèrent le cours de la rivière, laquelle coulait tout droit, perpendiculairement à l'angle gauche du Manoir, et ils suivirent la pente douce qui conduisait au petit tertre à travers des herbages que la jeune fille avait fait débarrasser de tous les fourrés. Le tertre ne portait aucune trace d'arbres arrachés ou déplacés.

« Examinez bien la vue que l'on a, et que j'avais d'ici, sur le parc. On le domine de douze à quinze mètres, n'est-ce pas? et on le voit tout entier, ainsi que le manoir et que le clocher de l'église. Et puis, vous allez faire la comparaison. »

Le sentier devenait abrupt et passait par-dessus des roches, au milieu desquelles avaient pris racine des sapins dont les aiguilles s'amoncelaient sur le granit. Il y avait là un tournant brusque de la rivière qui coulait ainsi au creux d'un défilé, et une sorte de tumulus qui se dressai en face, sous un épais manteau de lierre, et qu'on appelait la Butte-aux-Romains.

Ils redescendirent ensuite jusqu'à la berge, à l'origine du défilé. Du doigt Catherine désigna les trois saules placés en éventail, ceux de droite et de gauche à égale distance de l'arbre central.

« Les voici tous les trois. Ai-je vraiment pu me tromper? Ici, on est en contrebas. Presque pas de vue. L'œil se heurte aux roches ou à la Butte-aux-Romains. A peine une petite éclaircie vers le tertre. Oserez-vous dire que ma mémoire eût conservé le souvenir absolument net de l'autre emplacement, alors que les trois arbres se trouvaient ici, dans un endroit que je connaissais bien, et où ils n'étaient pas quand je venais me baigner?

– Pourquoi, demanda Raoul, sans lui répondre directement, pourquoi me posez-vous cette question? J'ai l'impression que vous le faites avec une certaine anxiété?

– Mais non, mais non, dit-elle d'un ton véhément.

– Si. Je le sens. Et vous vous êtes informée? Vous avez interrogé d'autres personnes?

– Oui, sans en avoir l'air parce que je ne voulais pas laisser paraître mon trouble. Ma sœur d'abord. Mais elle ne se souvenait pas, ayant quitté la Barre-y-va depuis plus longtemps que moi. Cependant...

– Cependant?

– Elle croyait se rappeler que les arbres se trouvaient bien où ils se trouvent aujourd'hui.

– Et Arnold?

– Arnold, lui, me fit une réponse différente. Il n'affirmait rien, quoique l'emplacement actuel ne lui parût pas le véritable.

– Et vous n'avez pas eu l'occasion d'invoquer un autre témoignage?

– Si, dit-elle, après une hésitation, celui d'une

vieille femme qui avait travaillé dans le jardin quand j'étais enfant.

– La mère Vauchel? » fit Raoul.

Catherine s'écria, soudain, tout agitée :

« Vous la connaissez donc?

– Je l'ai rencontrée. Et je me rends compte maintenant de ce que signifiaient les « trois chaules » dont elle parlait. C'était sa façon de prononcer.

– Oui! fit Catherine, de plus en plus émue. Il s'agissait des trois saules. Et c'est un peu à cause d'eux que la malheureuse, qui n'avait déjà pas l'esprit bien solide, est devenue folle. »

VI

LA MÈRE VAUCHEL

RAOUL la vit dans une telle surexcitation qu'il la ramena vers le manoir. C'était la première sortie de la jeune fille, et elle ne devait pas abuser de ses forces.

Durant deux jours, il usa de son influence sur elle pour la calmer, et pour lui montrer l'aventure sous un aspect moins tragique. Elle s'apaisait sous les yeux de Raoul. Elle se sentait à l'aise, détendue et sans force contre cette volonté bienfaisante et affectueuse. Alors il insista pour qu'elle reprît son récit, ce qu'elle commença par faire en termes plus posés.

« Évidemment, au début, tout cela n'aurait pas dû me paraître bien grave. Mais, tout de même, puisque je ne pouvais pas admettre qu'il y eût erreur de ma part, puisque ni ma sœur ni Arnold ne me contredisaient absolument, que penser de cette transplantation? De quelle façon l'avait-on effectuée, et dans quel but? Mais l'incident ne devait pas tarder à m'apparaître sous un autre jour, et sous un jour bien plus angoissant. En fouillant le manoir, autant par curiosité que pour ranimer tant de jolis souvenirs, je découvris dans un coin du grenier où mon grand-père avait installé un petit laboratoire, avec table, fourneau à pétrole, cornues, etc., un carton à dessin et à épures, et parmi les feuilles éparses de ce carton, il y avait un plan topographique du jardin.

« Je me rappelai tout à coup. Ce plan, j'y avais collaboré, quatre ou cinq ans auparavant. Ensemble, grand-père et moi, nous avions pris des mesures, et relevé des cotes. Toute fière de la tâche que l'on me confiait, je tenais un des bouts de la chaîne d'arpentage ou le viseur à trépied, ou l'un quelconque des instruments nécessaires. Le résultat de nos travaux communs, c'était ce plan, que j'avais vu mon grand-père tracer, qu'il avait signé de sa main, et où je m'étais si fort amusée devant la rivière bleue et devant le point rouge du pigeonnier. Le voici. »

Elle déroula la feuille sur une table et l'y fixa par quatre épingles. Raoul se pencha.

Le long serpent bleu de la rivière passait sous l'esplanade d'entrée, se redressait, touchait presque à l'angle du manoir, s'évasait un peu à l'endroit de l'île, puis, brusquement, virait entre les roches et la Butte-aux-Romains. Les pelouses étaient dessinées, et de même le contour du manoir et celui du pavillon de chasse. Le mur à contreforts limitait le domaine. Un point rouge marquait le pigeonnier. Des croix fixaient l'emplacement de certains arbres, signalés d'ailleurs par leurs noms : le Chêne à la cuve... le Hêtre rouge... l'Orme royal.

Le doigt de Catherine s'était posé tout au bout du parc, sur la gauche, près du serpent bleu. Elle désignait une triple croix avec cette inscription à l'encre, de son écriture : *les trois saules*.

« Les trois saules, dit-elle sourdement. Oui, là, après les roches et après la Butte-aux-Romains..., c'est-à-dire à l'endroit où ils sont aujourd'hui... »

Et, de nouveau nerveuse, elle continua avec une même intonation assourdie et saccadée :

« Alors, quoi, j'étais devenue folle? Ces arbres que

j'avais toujours connus sur le tertre, que j'y avais vus encore deux années auparavant, n'y étaient déjà plus à cette époque, puisque le plan établi par grand-père et par moi datait de plus de cinq années? Il était donc possible que mon cerveau fût en proie à de telles aberrations? Je luttais contre l'évidence des faits. J'aurais préféré croire au transport des arbres pour des raisons que j'ignorais. Mais le plan contredisait le témoignage de mes yeux et la conviction de ma mémoire, et, obligée, par moments, d'admettre mon erreur, je défaillais d'angoisse. Toute ma vie me semblait une hallucination, tout mon passé un cauchemar où je n'avais connu que visions fausses et réalités mensongères. »

Raoul écoutait la jeune fille avec un intérêt croissant. Dans les ténèbres où elle se débattait, lui-même, malgré quelques lueurs qui lui donnaient la certitude d'atteindre le but, lui-même il n'apercevait encore que confusion et incohérence.

Il lui dit :

« Et de tout cela vous ne parliez pas à votre sœur?

– Ni à ma sœur ni à personne.

– A Béchoux, cependant?

– Pas davantage. Je n'ai jamais compris la raison de sa présence à Radicatel, et je ne l'écoutais que quand il nous racontait quelques-unes de vos campagnes communes. D'ailleurs, je devenais sombre, soucieuse, et l'on s'étonnait de voir mon humeur presque sauvage et mon déséquilibre.

– Mais vous étiez fiancée? »

Elle rougit.

« Oui, j'étais, je suis fiancée, ce qui était encore pour moi une cause de tourments, puisque la comtesse de Basmes ne veut pas que j'épouse son fils.

– Vous l'aimez?

– Il me semblait que je l'aimais, dit Catherine à voix

basse. Mais je ne me confiais pas à lui non plus. Je ne me suis confiée à personne, et je tâchais, toute seule, de dissiper cette atmosphère lourde qui m'oppressait. Et c'est ainsi que j'ai voulu m'enquérir auprès de cette vieille paysanne qui nettoyait autrefois le jardin. Je savais qu'elle habitait le petit bois Morillot qui est au-dessus du parc.

– Un petit bois où vous alliez souvent, n'est-ce pas? »

Elle rougit de nouveau.

« Oui. Comme Pierre de Basmes ne pouvait venir à la Barre-y-va autant qu'il l'aurait voulu, je le rencontrais au bois Morillot. C'est là qu'un jour, après l'avoir quitté, je gagnai le logis de la mère Vauchel. A cette date, son fils vivait et travaillait comme bûcheron dans les bois de Tancarville. Elle n'était pas encore folle, mais n'avait pas la tête bien solide. Cependant, je n'eus même pas besoin de l'interroger ni même de lui rappeler mon nom. Au premier coup d'œil, elle chuchota :

« – Mademoiselle Catherine... la d'moiselle du « Manoir... »

« Elle garda un assez long silence, s'efforçant de réfléchir, puis, se levant de la chaise où elle écossait des haricots, elle se pencha sur moi et, tout bas, me dit :

« – Les trois chaules... les trois chaules... faut faire « attention, ma belle demoiselle... »

« J'étais confondue. Tout de suite, elle avait parlé de ces trois saules à propos desquels il y avait, pour moi, une telle énigme, et ses idées, vacillantes d'habitude, étaient si nettes à ce sujet qu'elle ajoutait : « Faut faire attention. » Que signifiaient ces mots, sinon que, dans son esprit, la vision des trois arbres s'associait à l'idée d'un danger que je courais? Je la pressai de questions. Elle aurait voulu y répondre. Elle essayait. Mais les phrases n'arrivaient à ses lèvres qu'inachevées et informes. Tout au plus pus-je comprendre qu'elle articulait le nom de son fils.

« – Dominique... Dominique... »

« Je lui dis aussitôt :

« – Oui... Dominique... votre fils... il sait quelque « chose sur ces trois arbres, n'est-ce pas? Et je dois le « voir?... c'est ce que vous voulez dire? Je le verrai « demain... Je viendrai ici demain... à la fin de la journée, « quand il sera revenu de son travail. Il faut l'avertir, « n'est-ce pas? et lui dire de m'attendre demain... Demain, « à sept heures du soir, comme aujourd'hui. Demain... »

« J'appuyai sur ce mot, dont elle paraissait saisir la signification, et je la quittai avec un peu d'espoir. Il faisait presque nuit à ce moment, et je dois dire qu'il me sembla discerner dans l'ombre une silhouette d'homme qui se renfonçait derrière la cabane. J'eus le grand tort de ne pas vérifier cette impression fugitive. Mais rappelez-vous combien alors j'étais peu maîtresse de moi, et prête à m'effrayer sans raison très précise. J'avoue que j'eus peur, et que je redescendis vivement le sentier.

« Le lendemain je montai bien avant l'heure fixée, afin de repartir plus tôt, en plein jour. Dominique n'était pas encore arrivé de son travail. J'attendis longtemps près de la mère Vauchel, qui demeurait taciturne et comme anxieuse.

« Ce fut un paysan qui survint. Il annonça que deux camarades le suivaient et qu'ils transportaient le bûcheron Dominique que l'on avait trouvé blessé, sous le chêne qu'il abattait. A l'embarras du messager, je compris le drame. De fait, c'est un cadavre qui fut déposé devant la masure de la mère Vauchel. La pauvre femme devint tout à fait folle. »

Le désarroi de Catherine s'accroissait comme si les circonstances passées revivaient devant elle. Raoul, qui sentait que toute tentative pour la réconforter serait vaine, la pressa d'achever.

« Oui, oui, dit-elle, cela vaut mieux, mais vous comprenez à quel point cette mort me parut suspecte. A l'heure même où Dominique Vauchel allait, sans aucun doute, me donner le mot de l'énigme, il mourait. Ne devais-je pas soupçonner qu'il avait été tué, et tué, justement pour empêcher toute explication entre lui et moi? Ce meurtre, je ne pus en avoir la preuve matérielle. Cependans le docteur de Lillebonne, tout en déclarant que la mort avait été accidentelle, et produite par la chute d'un arbre, s'étonna, devant moi, de certaines anomalies troublantes, comme la découverte d'une blessure à la tête. Il n'y porta d'ailleurs pas attention et signa son procès-verbal. Mais je me rendis sur le lieu de l'accident et trouvai, non loin de là, un gourdin.

– Qui accuser? interrompit Raoul, mais évidemment l'individu dont vous aviez surpris la silhouette derrière la cabane de la mère Vauchel et qui savait que, le lendemain, vous seriez renseignée sur le mystère des trois saules.

– C'est ce que je supposai, dit Catherine, et cette supposition, la pauvre mère de la victime ne manqua pas, à son insu du reste, de l'entrevoir et de la renforcer en moi. Chaque fois que je montais rejoindre mon fiancé, j'étais sûre de la rencontrer. Elle ne me cherchait pas, mais un hasard obstiné la mettait toujours sur ma route. Alors elle s'arrêtait quelques secondes, fouillait dans sa mémoire abolie, et scandait, en hochant la tête : « Les trois chaules... faut prendre garde, ma jolie « demoiselle, les trois chaules. »

« Dès lors, j'ai vécu en pleine détresse, tantôt me croyant folle aussi, et tantôt convaincue qu'il y avait contre moi et contre ceux qui habitaient le domaine de la Barre-y-va, une menace terrible. Je n'en parlais toujours pas. Mais comment ne se fût-on pas aperçu de mes terreurs et de ce qu'on appelait mes lubies? Ma pauvre sœur, de plus en plus inquiète, et ne pouvant s'expliquer mon état maladif, me suppliait de quitter Radicatel. Elle avait même préparé plusieurs fois notre prochain départ. Je ne voulais pas. N'étais-je pas fiancée, et, bien que, précisément, mon humeur changeât un peu la nature de mes relations avec Pierre de Basmes, je ne l'en aimais pas moins. Seulement, je l'avoue, j'aurais eu besoin d'un guide, d'un conseiller. J'étais lasse de lutter seule. Pierre de Basmes? Béchoux? ma sœur? Je vous ai dit que je ne pouvais pas, pour des causes puériles d'ailleurs, me confier à eux. C'est à ce moment que je pensai à vous. Je savais que Béchoux possédait la clef de votre appartement et qu'il l'avait placée sous sa pendule. Un jour, en son absence, j'allai la prendre.

— Eh bien, s'écria Raoul, il fallait venir, ou même simplement, m'écrire.

— L'arrivée de M. Guercin retarda mes projets à votre égard. J'avais toujours été en bons termes avec le mari de ma sœur. C'était un homme aimable, serviable, qui me montrait de l'affection, et que je me serais peut-être décidée à mettre au courant. Malheureusement vous savez ce qu'il est advenu. Le surlendemain, ayant reçu une lettre de Pierre de Basmes m'annonçant la résolution implacable de sa mère et son propre départ, je sortis du jardin pour le voir une dernière fois. Je l'attendis au lieu habituel de nos rendez-vous. Il ne vint pas. C'est le soir de ce jour que je pénétrai dans votre appartement.

— Mais, dit Raoul, il doit y avoir eu un fait plus spécial qui détermina votre visite?

— Oui, dit-elle. En attendant Pierre dans le bois, je fus abordée par la mère Vauchel. Elle était plus agitée encore que d'ordinaire, et son apostrophe fut plus violente, plus précise à mon endroit. Elle me prit par le bras, me secoua et me dit, avec une méchanceté que je ne lui connaissais pas, et comme si elle voulait se venger sur moi de la mort de son fils :

« — Trois « chaules », ma belle demoiselle... C'est à « vous qu'il en a, le monsieur... et il vous tuera... Prenez « garde, il vous tuera... il vous tuera... »

« Elle se sauva en ricanant. Moi, je perdis la tête. J'errai dans la campagne et, vers cinq heures du soir, j'étais à Lillebonne. Un train partait. Je sautai dedans.

— Ainsi, demanda Raoul, quand vous avez pris le train, M. Guercin était assassiné, et vous l'ignoriez?

— Je ne l'ai su que le soir, chez vous, par le coup de téléphone de Béchoux, et vous vous rappelez combien j'en fus bouleversée. »

Raoul réfléchit, et dit :

« Une dernière question, Catherine. Quand vous avez été attaquée, la nuit, dans votre chambre, rien ne vous a permis d'identifier votre agresseur avec l'individu que vous avez entraperçu, un soir, derrière la cabane de la mère Vauchel?

— Rien. Je dormais, la fenêtre ouverte, et je n'ai été avertie par aucun bruit. Je me suis sentie prise à la gorge, je me suis débattue, j'ai crié, et l'individu s'est enfui sans que je puisse même voir son ombre dans la nuit. Mais comment ne serait-ce pas le même? le même qui a tué Dominique Vauchel, et M. Guercin, et qui a voulu me tuer, selon la prédiction de la mère Vauchel? »

Elle parlait d'une voix altérée. Raoul la regarda doucement.

« On croirait que vous souriez, dit-elle, toute surprise. Pourquoi?

— Pour vous donner confiance. Et, vous le voyez, vous êtes plus calme, vos traits se détendent, et toute cette histoire vous paraît moins effroyable par le fait seul que je souris.

— Elle est effroyable, dit-elle, avec conviction.

— Pas tant que vous le pensez.

— Deux assassinats...

— Êtes-vous bien certaine que Dominique Vauchel ait été assassiné?

— Ce gourdin?... cette blessure à la tête...

— Et après? Au risque d'ajouter à vos craintes, je vous dirai que la même tentative a eu lieu contre la mère Vauchel et que, le lendemain de mon arrivée, je l'ai découverte sous des feuilles, blessée à la tête, elle aussi, par un gourdin. Et cependant je ne suis pas bien sûr qu'il y ait eu crime.

— Mais, mon beau-frère?... s'écria Catherine, vous ne pouvez vraiment pas nier...

— Je ne nie rien, et je n'affirme rien. Mais je doute. En tout cas ce que je sais, Catherine, et cela, vous devez en être heureuse, c'est que vous avez toute votre raison, que vos souvenirs ne vous trompent pas, et que les trois saules devraient être là où ils se trouvaient quand vous vous balanciez sur leurs branches, il y a quelques années. Tout le problème tourne autour de ces trois saules déplacés. Une fois résolu, tout le reste s'éclaircira de lui-même. Pour l'instant, amie Catherine...

— Pour l'instant?

— Souriez. »

Elle sourit.

Elle était adorable ainsi. Il ne put s'empêcher de lui dire, dans un élan de tout son être :

« Mon Dieu, que vous êtes jolie!... et si émouvante! Vous ne sauriez croire, chère petite amie, combien je suis heureux de pouvoir me consacrer à vous, et comme un seul de vos regards me récompense... »

Il n'acheva pas. Toute parole trop audacieuse lui semblait une offense pour elle.

L'enquête à laquelle procédait la justice n'avançait guère. Après plusieurs jours d'investigations et d'interrogations, le juge ne revenait pas et s'en remettait plus au hasard qu'aux recherches de la gendarmerie et de Béchoux. Au bout de trois semaines, celui-ci, qui avait renvoyé ses deux camarades, ne cachait plus son découragement et s'en prenait à Raoul.

« A quoi sers-tu? Que fais-tu?

– Je fume des cigarettes, répondit Raoul.

– Quel est ton but?

– Le même que le tien.

– Ton programme?

– Différent du tien. Toi, tu suis péniblement le chemin des secteurs, des sous-secteurs et autres calembredaines, moi l'agréable chemin où l'on s'abandonne à ses réflexions et, plus encore, à son intuition.

– En attendant, le gibier court.

– En attendant, je suis au cœur de la place et je me débrouille, Béchoux.

– Quoi?

– Tu te rappelles le conte d'Edgar Poe, *Le Scarabée d'or?*

– Oui.

– Le héros de l'aventure monte dans un arbre, déniche une tête de mort et fait descendre par l'œil droit de cette tête un scarabée qui lui sert de fil à plomb.

– Inutile. Je connais. Où veux-tu en venir?

– Accompagne-moi jusqu'aux trois saules. »

Lorsqu'ils furent arrivés, Raoul escalada l'arbre du milieu, et prit place sur le tronc.

« Théodore?

– Quoi?

– Suis de l'œil, au-dessus de la rivière, la tranchée qui permet d'apercevoir, sur l'autre versant des roches, un petit tertre... à cent pas environ...

– Je vois.

– Vas-y. »

Béchoux, obéissant à cet ordre formulé d'un ton impérieux, passa par-dessus les roches et redescendit sur le tertre, d'où il avisa de nouveau Raoul. Celui-ci s'était couché à plat ventre le long d'une des principales branches et regardait dans différentes directions.

« Tiens-toi debout, cria-t-il, en te faisant le plus grand possible. »

Béchoux se dressa comme une statue.

« Lève le bras, ordonna Raoul, lève le bras et raidis ton index vers le ciel, comme si tu désignais une étoile. Bien. Ne bouge pas. L'expérience est tout à fait intéressante et confirme mes suppositions. »

Il sauta de son arbre, alluma une cigarette, et paisiblement, l'air d'un promeneur qui flâne, rejoignit Béchoux, lequel n'avait pas remué et piquait du doigt une étoile invisible.

« Qu'est-ce que tu fiches? demanda Raoul, l'air stupéfait. En voilà une pose!

– Enfin, quoi, bougonna Béchoux, je me conforme à tes instructions.

– Mes instructions?

– Oui, l'épreuve du Scarabée d'or...

– Tu es loufoque. »

Raoul s'approcha et dit à l'oreille de Béchoux :

« Elle te contemplait.

– Qui?

– La cuisinière. Regarde-la. Elle est dans sa chambre. Dieu! qu'elle devait te trouver beau en Apollon du Belvédère! Une ligne... un galbe... »

Le visage de Béchoux exprima une telle colère que Raoul se sauva en éclatant de rire. Puis se retournant un peu plus loin, il lui jeta gaiement :

« T'en fais pas... Tout va bien... L'épreuve du Scarabée d'or a réussi... Je tiens le bout du fil... »

Est-ce que l'épreuve tentée aux dépens de Béchoux avait réellement fourni le bout du fil à Raoul? ou bien espérait-il découvrir la vérité par d'autres moyens? En tout cas, il alla souvent avec Catherine jusqu'au logis de la mère Vauchel. A force de douceur et de patience, il était parvenu à l'apprivoiser, sans que la pauvre folle s'effarouchât. Il lui apportait des friandises, de l'argent qu'elle prenait d'un geste brusque, et il lui posait des questions, toujours les mêmes, qu'il répétait inlassablement.

« Les trois saules, hein, on les a déplacés?... Qui les a déplacés? Votre fils le savait, n'est-ce pas? Peut-être a-t-il fait l'ouvrage? Répondez. »

Les yeux de la vieille brillaient parfois. Des lueurs passaient dans sa mémoire. Elle aurait voulu parler, et dire ce qu'elle savait. Quelques mots eussent suffi pour que tout le mystère apparût en pleine clarté, et l'on sentait qu'à la première occasion ces quelques mots se formeraient en elle et lui viendraient aux lèvres. Raoul et Catherien en avaient l'impression profonde et anxieuse.

« Elle parlera demain, affirma d'Avenac, un jour. Soyez sûre qu'elle parlera demain. »

Ce lendemain-là, lorsqu'ils arrivèrent devant la cabane, ils avisèrent la vieille étendue sur le sol, auprès d'une échelle double. Elle avait voulu ébrancher un arbuste. Un des montants de l'échelle avait glissé, et maintenant la pauvre folle gisait, morte.

VII

LE CLERC DE NOTAIRE

La mort de la mère Vauchel n'éveilla aucun soupçon, ni dans le pays, ni au Parquet. Comme son fils, elle était morte accidentellement, au cours d'une de ces petites besognes de paysanne que sa folie ne l'empêchait pas d'accomplir. On les plaignit tous les deux. On la mit en terre et l'on n'y pensa plus.

Mais Raoul d'Avenac avait constaté que les vis de la tringle de fer avec laquelle on maintenait l'écartement des deux montants avaient été enlevées, et qu'un des montants, plus court que l'autre, avait été scié récemment à sa base. La catastrophe était inévitable.

Catherine ne s'y trompa pas non plus, et retomba dans ses transes.

« Vous voyez bien, disait-elle, que nos ennemis s'acharnent. Une fois de plus, il y a eu meurtre.

– Je n'en suis pas sûr. Un des éléments du meurtre, c'est la volonté de tuer.

– Eh bien, cette volonté est flagrante.

– Je n'en suis pas sûr », répétait-il.

Cette fois il n'essaya pas trop de calmer la jeune fille dont il sentait la frayeur et le désarroi devant tant de menaces dirigées contre elle, et dirigées aussi, pour des raisons obscures, contre tous ceux qui habitaient le manoir.

Coup sur coup il y eut deux autres incidents inexplicables. Le pont creva sous les pas d'Arnold, et le domestique tomba dans la rivière, sans que cette chute, heureusement, amenât des conséquences autres qu'un rhume de cerveau. Le lendemain un vieux hangar, qui servait de remise pour les provisions de bois, s'écroulait au moment même où Charlotte en sortait. Ce fut un miracle si les décombres ne l'ensevelirent pas.

Dans une véritable crise où elle s'évanouit deux fois, Catherine Montessieux raconta, devant sa sœur et devant Béchoux, tout ce qu'elle savait. La porte de la salle à manger où la scène se passait était ouverte sur la cuisine. M. Arnold et Charlotte purent entendre.

Elle raconta tout, la transplantation certaine des trois saules, les prédictions de la mère Vauchel, son assassinat, l'assassinat de son fils et les preuves irrécusables qui faisaient de ces deux crimes des faits qu'il était impossible de mettre en doute.

Si elle ne dit rien de son voyage à Paris et de sa première entrevue avec Raoul, en revanche, par une réaction imprévue contre l'influence qu'il exerçait sur elle, sans détour, elle dit leurs recherches communes, leurs conversations et les enquêtes personnelles et concluantes qu'il avait poursuivies sur les deux Vauchel. Tout cela finit par des larmes. Désolée d'avoir trahi Raoul, elle eut un accès de fièvre qui la mit au lit pour deux jours.

De son côté Bertrande Guercin était gagnée par les terreurs de Catherine. Elle ne voyait que dangers et agressions. M. Arnold et Charlotte partageaient le même état d'esprit. Pour eux comme pour elle, l'ennemi rôdait entre les murs et autour du domaine, y pénétrant ou en sortant par des issues ignorées. Il allait et venait à sa guise, surgissait, disparaissait, frappait aux heures choisies par lui, toujours invisible et toujours inaccessible, sournois et audacieux, poursuivant une œuvre souterraine dont lui seul connaissait le but.

Béchoux exultait. Son échec lui semblait effacé par celui de Raoul, et il ne se faisait pas faute de harceler d'Avenac.

« Nous pataugeons, mon vieux, ricanait-il avec une joie féroce. Toi comme moi. Plus encore même. Vois-tu, Raoul, quand on est en plein dans un orage, on ne lui tient pas tête. On fiche le camp... Et l'on revient quand le danger est fini.

– Donc, elles s'en vont?

– Ce serait déjà fait si cela ne dépendait que de moi. Mais...

– Mais Catherine hésite?

– Justement. Elle hésite parce qu'elle subit encore ton influence.

– Espérons que tu la décideras.

– Je l'espère, et Dieu veuille qu'il ne soit pas trop tard! »

Le soir même de cette conversation, les deux sœurs travaillaient dans le petit salon du rez-de-chaussée qui leur servait de boudoir et où elles aimaient se tenir. Deux pièces plus loin, Raoul lisait et Béchoux poussait distraitement des billes sur un vieux billard. Ils ne parlaient pas. A dix heures, d'ordinaire, chacun montait dans sa chambre. Les dix coups sonnèrent au village, puis à une pendule du manoir.

Une deuxième pendule commençait à tinter lorsqu'une détonation toute proche retentit, accompagnée d'un bruit de carreau cassé et de deux cris stridents.

« Cela se passe chez « elles », proféra Béchoux, qui s'élança vers le boudoir.

Raoul, ne songeant qu'à couper la route de l'homme qui avait tiré, courut à la fenêtre de la pièce où il se trouvait. Les deux volets étaient clos comme ils l'étaient chaque soir. Il fit basculer la barre, mais on les avait fermés du dehors et, si violemment qu'il les secouât, il ne réussit pas à ouvrir. Il y renonça aussitôt et sortit par la pièce voisine. Mais il avait perdu trop de temps, et il ne vit rien de suspect dans le jardin. Un simple coup d'œil lui suffit pour constater que deux larges verrous avaient été posés, sans doute la nuit précédente, à l'extérieur des volets du billard, ce qui rendait tout effort inutile et facilitait la fuite de l'ennemi.

Raoul regagna donc le boudoir, où Catherine, Béchoux et les deux domestiques s'empressaient autour de Bertrande Guercin, qui, cette fois, avait été l'objet de l'attaque. Le projectile, brisant la vitre, avait sifflé à son oreille, sans l'atteindre heureusement, et s'était aplati contre le mur opposé.

Béchoux, qui le recueillit, affirma posément :

« C'est une balle de revolver. Dix centimètres de déviation à droite, et la tempe était trouée. »

Et il ajouta, d'une voix sévère :

« Qu'en dis-tu, Raoul d'Avenac?

— Je pense, Théodore Béchoux, répondit Raoul nonchalamment, que Mlle Montessieux n'aura plus d'hésitation à partir.

— Aucune », déclara-t-elle.

Ce fut une nuit d'affolement et de panique. Sauf Raoul qui se coucha et dormit en paix, tout le monde veilla, l'oreille tendue, les nerfs surexcités. Le moindre craquement les faisait tous tressaillir.

Les domestiques firent les malles et s'en allèrent en carriole à Lillebonne, où ils prirent le train pour Le Havre.

Béchoux réintégra sa chaumière afin de surveiller aisément le domaine de la Barre-y-va.

A neuf heures, Raoul conduisit les deux sœurs au Havre et les installa dans une pension de famille dont il connaissait la directrice.

Au moment de le quitter, Catherine, tout à fait détendue, lui demanda pardon.

« Pardon de quoi?

– D'avoir douté de vous.

– C'était naturel. En apparence, je n'ai obtenu aucun résultat dans la tâche entreprise.

– Et désormais?

– Reposez-vous, dit-il. Vous avez besoin de recouvrer des forces. Dans quinze jours au plus tard, je viendrai vous rechercher toutes deux.

– Pour quelle destination?

– La Barre-y-va. »

Elle frémit. Il ajouta :

« Vous y passerez quatre heures, ou quatre semaines, à votre choix.

– J'y passerai le temps que vous voudrez », dit Catherine, en lui tendant sa main qu'il baisa affectueusement.

A dix heures et demie, il s'en allait à Lillebonne et s'informait de l'étude des deux notaires du canton. A onze heures, il se présentait chez maître Bernard, gros homme tout rond, cordial, aux yeux vifs, qui le reçut aussitôt.

« Maître Bernard, lui dit Raoul, je vous suis envoyé par Mme Guercin et par Mlle Montessieux. Vous avez su l'assassinat de M. Guercin et les difficultés auxquelles se heurte la justice. En relation avec le brigadier Béchoux, j'ai coopéré à l'enquête, et Mlle Montessieux m'a prié de venir vous voir, puisque vous étiez le notaire de son grand-père, et d'éclaircir un certain point qui demeure obscur. Voici la lettre que je dois vous remettre. »

C'était la sorte de blanc-seing qu'il s'était fait délivrer par Catherine au matin de leur arrivée à Radicatel, lorsqu'ils venaient de Paris, et qui était ainsi conçu :

« Je donne tous pouvoirs à M. Raoul d'Avenac pour rechercher la vérité et prendre les décisions conformes à mes intérêts. »

Raoul n'avait eu qu'à inscrire la date.

« En quoi puis-je vous être utile, monsieur? demanda le notaire après avoir lu le document.

– Il m'a semblé, maître Bernard, que le crime commis, et que plusieurs événements inexplicables qui en ont été la suite et dont il serait oiseux de vous entretenir, se rapportaient peut-être à une cause générale qui serait l'héritage de M. Montessieux. C'est pourquoi je me permettrais de vous poser quelques questions.

– Je vous écoute.

– C'est bien dans votre étude que fut signé l'acte d'achat du domaine de la Barre-y-va?

– Oui, du temps de mon prédécesseur et du temps du père de M. Montessieux, ce qui remonte à plus d'un demi-siècle.

– Vous avez eu connaissance de cet acte?

– J'ai eu plusieurs fois l'occasion de l'étudier, sur la demande de M. Montessieux et pour des raisons secondaires. Il ne présente d'ailleurs rien de spécial.

– Vous étiez le notaire de M. Montessieux?

– Oui. Il avait quelque amitié pour moi et voulait bien me consulter.

– Y a-t-il eu entre vous et lui des conversations relatives à des dispositions testamentaires?

– Il y en a eu, et je ne commets aucune indiscrétion en le disant, puisque j'en ai fait part à Mme et à M. Guercin, ainsi qu'à Mlle Catherine.

– Ces dispositions avantageaient-elles l'une ou l'autre de ses petites-filles?

– Non. Il ne cachait pas sa préférence pour Mlle Catherine, qui vivait avec lui et à laquelle il désirait léguer ce domaine où elle se plaisait beaucoup. Mais il eût sûrement, par quelque moyen, rétabli l'équilibre entre les deux sœurs. Du reste, en définitive, il n'a pas laissé de testament.

– Je sais. Et j'avoue que j'en suis étonné, dit Raoul.

– Moi aussi. Également M. Guercin que j'ai vu à Paris, le matin de l'enterrement, et qui devait venir me voir à ce propos... tenez, le lendemain du jour où il a été assassiné. Il m'avait prévenu par lettre de sa visite, ce pauvre monsieur.

– Et comment expliquez-vous cet oubli de la part de M. Montessieux?

– Je pense qu'il avait négligé d'écrire ses dispositions et que la mort l'a surpris. C'était un homme assez bizarre, très préoccupé par ses travaux de laboratoire et ses expériences de chimie.

– Ou plutôt d'alchimie, rectifia Raoul.

– C'est vrai, dit maître Bernard, en souriant. Il prétendait même avoir découvert le grand secret. Je le trouvai un jour dans une agitation extraordinaire, et il me montra une enveloppe remplie de poudre d'or, en me disant d'une voix qui frémissait d'émotion :

– Tenez, cher ami, voilà l'aboutissement de mes travaux. N'est-ce pas admirable?

– Et c'était vraiment de l'or? demanda Raoul.

– Incontestablement. Il m'en a donné une pincée que j'eus la curiosité de faire examiner. Aucune erreur possible. C'était de l'or. »

La réponse ne sembla pas étonner Raoul.

« J'ai toujours pensé, dit-il, que cette affaire tournait autour d'une découverte de ce genre. »

Et il reprit, en se levant :

« Un mot encore, maître Bernard. Il n'y a jamais eu, dans votre étude, des indiscrétions, ce qu'on appelle des fuites?

– Jamais.

– Vos collaborateurs sont pourtant bien des fois au courant d'une partie de ces drames de famille dont on vient vous entretenir. Ils lisent les actes. Ils copient les contrats.

– Ce sont d'honnêtes gens, fit maître Bernard, qui ont l'habitude et l'instinct de se taire sur tout ce qui se passe dans l'étude.

– Leur existence est cependant bien modeste.

– Comme leurs ambitions. Et puis, fit observer maître Bernard en riant, la chance les favorise quelquefois. Tenez, un de mes clercs, un vieux travailleur obstiné, économe jusqu'à l'avarice, qui avait mis de côté, sou par sou, de quoi acheter un lopin de terre et une masure où prendre sa retraite, est venu me trouver un matin pour m'annoncer son départ. Il avait, m'a-t-il dit, gagné vingt mille francs avec une obligation à lots.

– Bigre! Il y a longtemps?

– Quelques semaines... le 8 mai... je me rappelle la date parce que l'après-midi même M. Guercin était assassiné...

– Vingt mille francs! dit Raoul sans relever cette coïncidence de dates. Une vraie fortune pour lui!

– Une fortune qu'il est en train de dissiper. Ma foi, oui! Il paraît qu'il est installé dans un petit hôtel de Rouen et qu'il mène joyeuse vie. »

Raoul se divertit fort de l'aventure, fit en sorte de connaître le nom du personnage, et prit congé de maîtreBernard.

A neuf heures du soir, après une enquête rapide à Rouen, il trouvait, dans un hôtel meublé de la rue des Charrettes, le sieur Fameron, clerc de notaire, un homme maigre, long, lugubre de visage, vêtu d'une redingote de drap noir et coiffé d'un chapeau haut de forme. A minuit il buvait dans une taverne où Raoul l'avait invité, et achevait de s'enivrer dans un bal public où il dansait un cancan échevelé en face d'une fille énorme et tumultueuse.

Le lendemain, la fête recommença, ainsi que les jours suivants. L'argent du sieur Fameron coulait en apéritifs et en verres de champagne offerts à un tas de gens qui s'accrochaient à ce généreux personnage. Mais Raoul était son ami préféré. Quand il revenait au petit matin, expansif et titubant, il lui prenait le bras et s'épanchait :

« Une veine, que je te dis, mon vieux Raoul. Vingt mille francs qui me tombent dessus... Eh bien, je me suis juré qu'il n'en resterait pas une goutte. J'ai gagné de quoi vivre sans rien faire. Mais ça, c'est du boni que j'ai pas le droit de garder. Non, c'est pas de l'argent propre. Il faut que ça fiche le camp en ripailles avec des zigs qui comprennent la vie... comme toi, mon vieux Raoul, comme toi. »

Ses confidences n'allaient pas plus loin. Si Raoul faisait mine de l'interroger, il s'arrêtait net et se mettait à sangloter.

Mais, deux semaines plus tard, Raoul, qui s'amusait fort auprès de ce funèbre fantoche, profita d'une ripaille plus complète pour lui arracher des aveux. Le sieur Fameron les bégaya en pleurant, effondré dans sa chambre, agenouillé devant son chapeau haut de forme, auquel il avait l'air de se confesser.

« Une crapule... oui, je ne suis qu'une crapule. Le tirage de l'obligation? des blagues! C'est un type que je connaissais qui m'a abordé la nuit à Lillebonne, et qui m'a donné une lettre à glisser dans le dossier Montessieux. Je ne voulais pas. « Non, ça non, que je lui dis, c'est pas « dans mes cordes. On peut fouiller ma vie jusqu'au fin « fond des fonds... on n'y trouvera pas un seul truc de « ce genre-là. » Et puis... et puis, je ne sais pas comment ça s'est fait... il m'a offert dix mille... quinze mille... vingt mille... J'ai perdu la tête... Le lendemain, j'ai glissé la lettre dans le dossier Montessieux. Seulement je me suis juré que c't'argent ne me salirait pas. Je l'boirai je l'boulotterai... Mais j'vivrai pas avec ça dans ma nouvelle maison... Ah! non, non, j'en veux pas de cette pourriture d'argent... vous m'entendez, monsieur... j'en veux pas! »

Raoul tenta d'en savoir davantage. Mais l'autre, qui s'était remis à pleurer, s'endormit avec des hoquets de désespoir.

« Plus rien à faire, se dit Raoul. Mais à quoi bon m'entêter? J'en sais assez pour agir, et pour agir à mon aise. Le bonhomme a encore cinq mille francs à dépenser et ne viendra pas à Lillebonne avant une quinzaine. »

Trois jours plus tard, Raoul se présentait à la pension de famille du Havre. Catherine lui apprit aussitôt que sa sœur et elle avaient reçu, le matin même, une lettre de maître Bernard, qui les convoquait pour le lendemain après-midi au domaine de la Barre-y-va. « Communication importante », disait le notaire.

« C'est moi, fit Raoul, qui ai provoqué cette convocation. Et voilà pourquoi je viens vous chercher, selon ma promesse. Vous n'avez pas peur de retourner là-bas?

— Non », affirma-t-elle.

De fait, elle offrait un visage apaisé, qui souriait et qui avait repris son air de confiance et d'abandon.

« Vous savez quelque chose de nouveau? » dit-elle.

Il déclara :

« Je ne sais pas ce que nous allons apprendre. Mais il est hors de doute que nous allons entrer dans une région plus claire. Vous déciderez alors si vous voulez prolonger votre séjour à la Barre-y-va et avertir Arnold et Charlotte. »

A l'heure fixée, les deux sœurs et Raoul arrivaient au manoir. En les voyant, Béchoux se croisa les bras, furieux.

« Mais c'est de l'aberration! s'écria-t-il. Après ce qui s'est passé, venir ici!

— Rendez-vous avec le notaire, dit Raoul. Conseil de famille. Je te convoque. N'es-tu pas de la famille?

— Et si on les attaque encore, les malheureuses?

— Rien à craindre.

– Pourquoi?

– Il est convenu avec le fantôme de la Barre-y-va qu'il nous avertira d'abord.

– Comment?

– En tirant sur toi. »

Raoul saisit le brigadier par l'épaule et lui dit à l'écart :

« Ouvre bien tes oreilles, Béchoux, tâche de comprendre et admire la façon géniale dont je vais travailler. Ce sera long, très long. Une heure de séance peut-être. Mais je crois que le résultat sera précieux... j'en ai l'intuition. Ouvre tes oreilles, Béchoux. »

VIII

LE TESTAMENT

Maître Bernard entra dans ce salon où il avait l'habitude de venir du temps de son client, M. Montessieux, et présenta ses hommages à Bertrande et à Catherine. Il les fit asseoir, puis il tendit la main à Raoul.

« Je vous remercie de m'avoir envoyé l'adresse de ces dames. Mais pouvez-vous m'expliquer?... »

Raoul l'interrompit.

« Je crois, maître, que l'explication doit être donnée surtout par vous... au cas, bien entendu, où il se serait passé quelque chose de nouveau depuis notre entretien. »

Raoul interrogeait du regard le notaire, qui répondit :

« Vous savez donc qu'il s'est passé quelque chose de nouveau?

– J'ai tout lieu de supposer, mon cher maître, que la question que je vous ai posée, dans votre étude, a reçu une solution.

– Grâce à vous, sans doute, dit le notaire, et je me demande par quel sortilège. Toujours est-il que, conformément aux intentions qu'il m'avait souvent exprimées, M. Montessieux a laissé un testament, et les conditions dans lesquelles nous le retrouvons ne font qu'augmenter ma surprise.

– Par conséquent, je ne me suis pas trompé en supposant qu'il y avait corrélation entre les dispositions de ce testament et les incidents qui entourent le crime mystérieux dont M. Guercin a été victime?

– Je l'ignore. Ce que je sais, c'est que vous avez bien fait de venir me voir au nom de Mlle Montessieux. Lorsque je reçus, il y a quelques jours, la lettre déconcertante que vous m'avez envoyée, j'étais tenu, malgré l'impossibilité de l'hypothèse, de la vérifier.

– Ce n'était pas une hypothèse, dit Raoul.

– C'en était une pour moi, et tout à fait inadmissible. Voici votre lettre : « Maître Bernard, le testament de « M. Montessieux se trouve dans le dossier même qui est « marqué à son nom dans votre étude. Je vous prierai d'en « prévenir vos deux clientes, dont suit l'adresse actuelle. » En toute autre circonstance, j'aurais jeté cette lettre au feu. Au lieu de cela, j'ai cherché...

– Et le résultat? »

Maître Bernard tira de sa serviette une enveloppe assez grande, d'un blanc ivoire sali par le temps et par les contacts. Tout de suite, Catherine s'écria :

« Mais c'est une des enveloppes dont se servait toujours mon grand-père!

– En effet, dit maître Bernard. Moi-même, j'en ai conservé plusieurs qu'il m'envoya. Vous lirez sur celle-ci quelques lignes écrites en travers. »

Catherine lut à haute voix :

« Ceci est mon testament. Huit jours après ma mort, mon notaire, maître Bernard, l'ouvrira en mon manoir de la Barre-y-va. Il en donnera lecture à mes deux petites-filles et tiendra la main à ce que mes volontés soient respectées. »

Catherine affirma de la façon la plus formelle :

« Cette écriture est celle de mon grand-père. J'en pourrais donner vingt preuves.

– Je fais la même déclaration, dit le notaire. Par excès de scrupule, je me suis rendu hier à Rouen, et j'ai consulté un expert. Son avis est absolument conforme aux nôtres. Donc aucune hésitation. Mais, avant d'ouvrir, je dois spécifier que, plus de dix fois depuis deux ans, autant pour chercher cette pièce nécessaire à l'exploitation des fermes Montessieux dont mon client m'avait toujours chargé, que pour répondre à mon besoin de trouver ce testament, plus de dix fois, j'ai eu l'occasion de feuilleter le dossier Montessieux. Je déclare, sur mon honneur professionnel, qu'il ne contenait pas ce document.

– Cependant, maître Bernard... objecta Béchoux.

– Je dis ce qui est, monsieur. Le dossier ne contenait pas ce document.

– Alors, maître Bernard, quelqu'un l'y a introduit?

– Je n'avance rien, et je ne nie rien, répliqua le notaire. J'énonce simplement une vérité indiscutable. D'ailleurs mes souvenirs sont corroborés par une habitude à laquelle je n'ai jamais dérogé. Aucun des testaments qui me sont remis ne prend place dans les dossiers de mes clients. Tous sont enfermés et rangés par ordre alphabétique dans mon coffre-fort. Par conséquent, si j'avais été en possession du testament, dont je vais vous donner lecture, c'est là, et non pas dans le dossier Montessieux, que je l'eusse découvert. »

Il allait ouvrir l'enveloppe, lorsque Théodore Béchoux l'arrêta d'un geste.

« Un instant. Ayez l'extrême obligeance de me confier cette enveloppe. »

Quand il l'eut en main, il l'examina avec une attention minutieuse et conclut :

« Les cinq cachets sont intacts. De ce côté, rien de suspect. Mais l'enveloppe a été ouverte.

– Que dites-vous?

– Elle l'a été sur toute sa longueur... une fente pratiquée le long du pli supérieur par une lame de canif, et qui fut ensuite habilement recollée. »

Avec la pointe d'un couteau, Béchoux sépara les deux lèvres de la fente à l'endroit qu'il indiquait et il put ainsi retirer de l'enveloppe, sans avoir brisé les cachets, une feuille double de papier sur lequel étaient tracées des lignes.

« Même papier que l'enveloppe, dit Béchoux. Et même écriture, n'est-ce pas? »

Le notaire et Catherine furent du même avis. C'était l'écriture de M. Montessieux.

Il n'y avait plus qu'à lire le testament. C'est ce que fit maître Bernard au milieu d'un silence profond et de l'émotion qu'avaient provoquée les circonstances mêmes de cette découverte.

« Un dernier mot. Vous acceptez, toutes deux, mes chères clientes, que ma lecture ait lieu devant MM. Béchoux et Raoul d'Avenac?

– Oui, prononcèrent les deux sœurs.

– Je lis donc. »

Et maître Bernard déplia la double feuille.

« Je soussigné, Michel Montessieux, âgé de soixante-huit ans, sain d'esprit et de corps, agissant selon des idées mûrement réfléchies, d'après mon droit légal et moral, je lègue à mes deux petites-filles (en priant l'une et l'autre de les laisser dans l'indivision, et d'en toucher par moitié les revenus) les terres, bien réduites, hélas! qui entourent le domaine jadis si florissant de la Barre-y-va.

« Pour ce domaine, je le divise en deux parts inégales, qui suivent à peu près le cours de la rivière. L'une, à droite, qui comprend le manoir et tout ce qu'il contiendra à l'heure de mon décès, sera la propriété de Catherine, qui, j'en suis sûr, l'habitera et l'entretiendra comme nous avons toujours fait, elle et moi. L'autre moitié sera celle de Bertrande, qui, mariée et souvent absente, aura plaisir à posséder ici, comme pied-à-terre, l'ancien pavillon de chasse. Pour le remettre en état et pour le meubler, en même temps que pour compenser l'inégalité des deux parts, il sera prélevé sur ma succession, en faveur de Bertrande, une somme de trente-cinq mille francs, représentée par la poudre d'or que j'ai réussi à fabriquer, et dont je dirai, dans un codicille, l'emplacement exact. J'exposerai en même temps, quand le moment sera venu, le secret de cette découverte sans pareille, dont maître Bernard, seul actuellement, pourrait certifier l'authenticité, puisque je lui ai montré quelques grammes de ma poudre.

« Je connais assez mes petites-filles pour savoir qu'il n'y aura entre elles aucune difficulté dans l'observation de mes volontés. Mais l'une est mariée, l'autre se mariera, et afin de leur éviter des erreurs d'interprétation pouvant provoquer des malentendus pénibles, j'ai établi un plan topographique du domaine, lequel plan je laisse dans le tiroir de droite de mon bureau. Et je spécifie ceci de la façon la plus catégorique : la limite qui séparera les deux propriétés incluses dans le domaine suivra une ligne droite qui partira du saule central des trois saules où Catherine aimait à se réfugier, et aboutira au dernier pilier ouest des quatre piliers où s'accrochent les grilles de l'entrée principale dans le parc. J'ai l'intention, d'ailleurs, de marquer cette limite soit par une haie de troènes soit par une palissade. Chacun chez soi. C'est une règle à laquelle je tiens formellement. »

Maître Bernard acheva très vite la lecture du testament, qui n'offrait plus, d'ailleurs, que des points d'un intérêt secondaire. Catherine et Raoul s'étaient regardés lorsqu'il avait été question des trois saules. Pour eux c'était là l'essentiel de ces quelques pages. Mais l'attention des autres avait été surtout attirée par la clause de la poudre d'or, et Béchoux prononça, d'un ton dogmatique :

« Il faudra livrer ce document aux experts et s'assurer qu'il n'y a aucun doute sur son authenticité. Mais une preuve qui aurait sa valeur immédiate, et, à mon sens, définitive, ce serait de trouver, dans ce manoir ou dans le parc, les quelques kilos d'or qui gageraient la somme de trente-cinq mille francs. »

Béchoux prit son air le plus sardonique pour énoncer ces dernières paroles. Mais Raoul d'Avenac dit à Catherine :

« Vous n'avez aucune déposition à faire à ce propos, mademoiselle? »

On eût cru que Catherine attendait la demande de Raoul, et qu'elle ne voulait parler qu'approuvée et encouragée par lui, car, aussitôt, elle déclara :

« Oui, je puis apporter un témoignage personnel, et donner de la sincérité de mon grand-père la preuve palpable que réclame M. Béchoux. Depuis trois mois que nous sommes ici, j'ai fouillé partout pour faire renaître toutes les traces d'un passé où j'ai été si heureuse. C'est ainsi que j'ai pris, à l'endroit où grand-père aimait à travailler, la carte topographique que j'avais établie avec lui, et que voilà. Et c'est ainsi qu'un hasard m'a montré... »

Elle regarda de nouveau Raoul, et, se sentant soutenue, acheva :

« ... qu'un hasard m'a montré la poudre d'or.

– Comment! fit vivement Bertrande, tu as vu... et tu n'as rien dit?...

– C'était le secret de grand-père. Je ne pouvais le révéler que sur son ordre. »

Elle les pria tous de la suivre jusqu'à l'étage supérieur, et ils pénétrèrent, entre les mansardes des domestiques, dans la haute pièce centrale dont les madriers supportaient la partie la plus élevée du toit. Tout de suite, elle désigna de vieux pots de grès, fendus, cassés, comme ces récipients hors d'usage que l'on relègue en un coin où ils ne gênent pas. De la poussière les revêtait et des toiles d'araignée les reliaient les uns aux autres. Personne n'avait eu et ne pouvait avoir eu l'idée de les tirer de leur retraite. Sur trois d'entre eux s'étendaient des morceaux de verre empilés et des débris d'assiettes.

Béchoux prit un escabeau branlant qu'il approcha, et il atteignit l'un des pots qu'il tendit à maître Bernard. Au premier coup d'œil, celui-ci reconnut, sous la poussière, la lueur brillante de l'or, et il murmura, en enfonçant ses doigts comme dans du sable :

« C'est de l'or... c'est de la poudre d'or pareille à l'échantillon d'autrefois, c'est-à-dire composée de grains assez gros. »

Une même quantité remplissait les autres récipients. Le poids annoncé par M. Montessieux devait être exact.

Béchoux conclut, stupéfait :

« Alors, quoi... vraiment, il en fabriquait? Est-ce possible? Cinq ou six kilos d'or peut-être... mais c'est un miracle! »

Et il ajouta :

« Pourvu que le secret ne soit pas perdu!

— Je ne sais s'il sera perdu, prononça maître Bernard. En tout cas, le testament ne contenait aucun codicille à ce sujet, et l'enveloppe aucune feuille supplémentaire. Sans le concours de Mlle Montessieux, il est bien probable que personne n'aurait jamais eu l'idée d'examiner les vieux pots où le trésor était caché.

— Pas même mon ami d'Avenac, grand devin et grand sorcier, dit Béchoux non sans ironie.

— C'est ce qui te trompe, riposta Raoul. J'en ai fait la visite le surlendemain de mon arrivée.

— Allons donc! s'écria Béchoux, d'un ton sceptique.

— Monte sur ton escabeau, ordonna Raoul, et descends le quatrième pot. Bien. Il y a, en dessous, fiché dans la poudre, un petit carton, n'est-ce pas? Eh bien, tu liras sur ce carton, de l'écriture de M. Montessieux, le millésime de l'année, et, à côté, cette date : 13 septembre. C'est évidemment la date où de la poudre d'or a été versée dans ce pot. Deux semaines plus tard, M. Montessieux quittait le domaine de la Barre-y-va. Le soir de son arrivée à Paris, il mourait subitement. »

Béchoux écoutait, la bouche bée. Il bredouilla :

« Tu savais?... Tu savais?...

— C'est mon métier de savoir », ricana Raoul.

Le notaire fit descendre tous les pots et les fit enfermer au premier étage dans le placard d'une chambre dont il prit la clef.

« Il est plus que probable, dit-il a Bertrande, que cette somme vous sera remise. Mais je dois, n'est-ce pas, vu les circonstances, prendre des précautions relativement à l'authenticité du testament. »

Maître Bernard allait se retirer lorsque Raoul lui dit :

« Puis-je vous demander encore une minute d'attention?

— Certes.

— Tout à l'heure, alors que vous lisiez le testament, j'ai aperçu, en dernière page, quelques chiffres.

— En effet, répliqua le notaire, qui montra la page. Mais ce sont de ces chiffres qu'on pose au hasard, et qui répondent à une préoccupation du moment. Ceux-ci, évidemment, n'ont aucun rapport avec les dispositions de M. Montessieux... Telle est ma certitude après les avoir bien examinés. Comme vous pouvez le voir, ils sont tracés bien au-dessous de la signature, rapidement, mal formés, à la façon d'une note qu'on aurait jetée là parce qu'on n'avait pas d'autre papier sous la main.

— Vous devez avoir raison, maître Bernard, dit Raoul. Mais tout de même, voulez-vous me permettre de les copier? »

Et Raoul copia cette ligne de chiffres :

3141516913141531011129121314

« Je vous remercie, dit-il. Quelquefois un hasard favorable vous donne de ces indications fortuites qu'il ne faut pas négliger. Celle-ci, bien que fort obscure, est peut-être de ce nombre. »

L'entretien était fini. Béchoux, désireux de développer certaines considérations propres à le mettre en relief, reconduisit le notaire jusqu'à la grille. A son retour, il trouva, dans le boudoir du rez-de-chaussée, Raoul et les deux jeunes femmes, tous trois silencieux, et il s'écria, d'un ton dégagé :

« Eh bien? Qu'est-ce que tu en dis? Ces chiffres? ça m'a tout l'air de chiffres alignés sans raison, hein?

– Probable, dit Raoul. Je t'en donnerai le double, et tu chercheras.

– Et pour le reste?

– Ma foi, la récolte n'est pas mauvaise. »

Cette petite phrase, jetée négligemment, fut suivie d'un silence. Il fallait des raisons sérieuses pour que Raoul l'eût prononcée. Un sentiment de curiosité anxieuse tourna les autres vers lui.

Il répéta :

« La récolte n'est pas mauvaise. Et ce n'est pas fini... La séance continue.

– Tu vois donc des renseignements dans tout ce fatras? demanda Théodore Béchoux.

– J'en vois beaucoup, riposta Raoul, et tous, ils nous ramènent à ce qui est le centre même de l'aventure.

– C'est-à-dire?

– C'est-à-dire le déplacement des trois saules.

– Toujours ta marotte, ou plutôt celle de Mlle Montessieux.

– Et qui a sa justification très nette dans le testament de M. Montessieux.

– Mais, sacré nom, puisque le plan de M. Montessieux situe les trois saules au lieu même où ils sont.

– Oui, mais examine bien ce plan comme je viens de le faire, et tu verras que le même travail que l'on a effectué sur le terrain, fut accompli également sur le papier. Regarde, on a gratté là, à l'endroit du tertre, la triple croix qui représentait le groupe des saules, grattage habile, mais que l'on discerne aisément avec une loupe.

– Alors? dit Béchoux, ébranlé.

– Alors rappelle-toi le jour récent où j'étais couché sur la branche d'un des saules, et où je t'avais dressé comme un Apollon sur le tertre. Eh bien, à ce moment, je cherchais au hasard et dans toutes les directions ce que nous allons trouver là, sur ce plan, avec une précision mathématique. Prends cette règle et ce crayon, et, conformément aux instructions de M. Montessieux, tire une ligne qui va du pilier désigné au saule central actuel. »

Béchoux obéit, et Raoul continua :

– Bien. Maintenant, tout en gardant le bas de la règle au pilier, fais-la pivoter à gauche, dans le haut, de manière à atteindre le tertre. Parfait. Retire ta règle. Tu as ainsi dessiné un angle aigu qui part du pilier, et dont les deux branches se dirigent, l'une à gauche, vers l'emplacement primitif des trois saules, l'autre à droite vers l'emplacement actuel. Dans l'ouverture de ce compas s'étend une bande, un fuseau de terrain, si tu veux, qui, selon qu'on adopte le plan initial de M. Montessieux ou le plan rectifié clandestinement, appartient au lot numéro 1, c'est-à-dire aux propriétaires du manoir, ou bien au lot numéro 2, c'est-à-dire aux propriétaires du pavillon de chasse. Comprends-tu?

– Oui, dit Béchoux, que l'argumentation de Raoul semblait soudain captiver.

— Donc, repartit Raoul, voilà un premier point élucidé. Passons au second. Que contient ce fuseau de terrain?

— Les roches, dit Béchoux, la moitié de la Butte-aux-Romains, la partie de la gorge étroite où coule la rivière, l'île, etc.

— C'est-à-dire, formula Raoul, que le fuseau dérobé (car c'est un pur vol), englobe approximativement toute la rivière, durant son évolution dans le domaine, et que, en définitive, M. Montessieux désirait laisser le cours de cette rivière à ses héritiers du manoir, et qu'il la laisse contre son gré à ses héritiers du pavillon de chasse.

— Donc, prononça Béchoux, tu prétendrais que toute la machination ourdie avait pour but le vol de la rivière au détriment d'une personne et au bénéfice d'une autre personne?

— Exactement. A la mort de M. Montessieux, quelqu'un a intercepté le testament, et, plus tard, est venu ici et a déplacé, avec des complices, les trois saules.

— Mais ce testament ne pouvait laisser prévoir l'utilité de ce déplacement, et rien ne te l'indique, à toi non plus, cette utilité?

— Non, mais, souviens-toi de la phrase de M. Montessieux : « J'exposerai le secret de l'or quand le moment sera venu. » Cette explication n'a peut-être pas été faite, mais le voleur du testament l'a sans doute devinée, et dès lors il agissait à bon escient en transplantant les trois saules. »

Béchoux, bien que convaincu, cherchait encore des objections, et il reprit :

« Hypothèse séduisante. Mais, selon toi, qui est-ce qui aurait agi?

— Tu connais le proverbe latin : *Is fecit cui prodest.* Le coupable est celui à qui l'acte profite.

— Impossible! car, en l'occurrence, l'acte profitait

à Mme Guercin, dont l'héritage s'est accru de la portion dérobée. Et tu ne vas pas nous faire croire?... »

Raoul ne répondit pas aussitôt. Il réfléchissait, tout en épiant le visage de ses interlocuteurs, comme s'il eût voulu voir l'effet que produisait sur eux chacune de ses paroles.

A la fin, il se tourna vers Bertrande.

« Excusez-moi, madame. Je ne veux rien faire croire, comme le prétend M. Béchoux. J'enchaîne simplement les événements les uns aux autres, et je mets, dans mes déductions, le plus de rigueur et de logique possible.

– Les choses se sont sûrement passées comme vous le dites, déclara Bertrande. Mais c'est en apparence seulement que l'on a travaillé pour moi. En réalité, je ne profiterai pas plus du vol commis que Catherine n'en eût profité dans le cas contraire. Il n'y aura ni haie ni palissade entre nous. Par conséquent l'instigateur de ce complot inexplicable travaillait pour son intérêt personnel.

– Pas d'hésitation possible à ce propos », dit Raoul.

Béchoux intervin t :

« Et tu n'as aucune idée?... Cependant tu sais que le document a été introduit dans le dossier Montessieux.

– Je le sais.

– Par qui le sais-tu?

– Par celui-là même qui a fait le coup.

– Eh bien, par celui-là nous pouvons arriver au centre même de l'affaire.

– Ce n'est qu'un comparse.

– Oui, un agent d'exécution à la solde d'un autre?

– Justement.

– Son nom? »

Raoul ne se pressait pas de donner des précisions. On eût dit qu'il cherchait à donner à la scène, par ses réticences et ses hésitations, le plus d'intensité possible. Pourtant Béchoux insistait. Les deux sœurs attendaient sa réponse.

« En tout cas, Béchoux, fit-il, nous poursuivons notre enquête entre nous, hein? Tu ne vas pas nous jeter tes amis de la police dans les jambes!

– Non.

– Tu le jures?

– Je le jure.

– Eh bien, la trahison s'est produite dans l'étude elle-même.

– Tu en es certain?

– Absolument.

– Pourquoi n'as-tu pas prévenu maître Bernard?

– Parce qu'il n'aurait pas agi avec la discrétion nécessaire.

– Alors on peut interroger un de ceux qui l'entourent, un de ses clercs, par exemple. Je m'en charge.

– Je les connais tous, dit Catherine. L'un deux même est venu ici, il y a quelques semaines, pour voir ton mari, Bertrande. Tenez, je me souviens tout à coup (elle baissa la voix) c'était le matin du jour où il a été tué... Il était huit heures. Moi, j'attendais un mot de mon fiancé, et c'est dans le vestibule que j'ai rencontré ce clerc de l'étude Bernard. Il semblait très agité. A ce moment ton mari est descendu, et ils sont partis ensemble dans le jardin.

– Donc, dit Béchoux, vous savez comment il s'appelle?

– Oh! depuis longtemps. C'est le second clerc, un grand maigre, mélancolique... le père Fameron. »

Raoul s'attendait à ce nom et ne sourcilla pas. Au bout d'un instant il questionna :

« Un petit renseignement, je vous prie, madame. Est-ce que, la nuit précédente, M. Guercin était sorti du manoir?

– Peut-être, dit Bertrande, je ne me rappelle plus bien.

– Moi, je me rappelle, dit Béchoux, et parfaitement. Il avait un peu mal à la tête. Il m'a reconduit jusqu'au village, et il a continué sa promenade du côté de Lillebonne... Il était dix heures du soir. »

Raoul d'Avenac se leva et marcha de long en large durant deux ou trois minutes. Puis il revint s'asseoir et dit posément :

« C'est curieux. Il y a vraiment des coïncidences bizarres. L'homme qui a introduit le testament dans le dossier Montessieux s'appelle Fameron. Au cours de cette nuit-là, vers dix heures du soir, et du côté de Lillebonne, il a rencontré la personne qui désirait que ce testament, dérobé par elle évidemment, fût placé parmi les papiers du dossier, et le père Fameron, après avoir hésité, se chargea de la mission, moyennant le versement d'une somme de vingt mille francs. »

IX

DEUX DES COUPABLES

Les paroles de Raoul d'Avenac se prolongèrent dans un lourd silence où palpitaient les pensées les plus diverses. Bertrande avait mis l'une de ses mains devant ses yeux et réfléchissait. Elle dit à Raoul :

« Je ne comprends pas très bien. Est-ce qu'il y a dans vos paroles une accusation plus ou moins nette?...

– Contre qui, madame?

– Contre mon mari?

– Dans mes paroles aucune accusation, répliqua Raoul. Mais j'avoue que, moi-même, en exposant les faits tels qu'ils se présentent à mon esprit, je suis étonné de voir l'aspect qu'ils prennent à l'encontre de M. Guercin. »

Bertrande ne parut pas très étonnée, et elle expliqua :

« L'affection qui nous avait unis, Robert et moi, lors de notre mariage, n'a pas résisté à l'épreuve. Je le suivais dans la plupart de ses voyages, parce que c'était mon mari et que nos intérêts étaient communs, mais j'ignorais tout de sa vie personnelle, en dehors de moi. C'est pourquoi je ne m'indignerais pas outre mesure si les événements nous obligeaient à examiner sa conduite. Quelle est votre pensée exacte? Répondez sans réticence.

– Puis-je vous interroger? demanda Raoul.

– Certes.

– M. Guercin se trouvait-il à Paris à la mort de M. Montessieux?

– Non. Nous étions à Bordeaux. Avertis par un télégramme de Catherine, nous sommes arrivés le surlendemain matin.

– Et vous êtes descendus?

– Dans l'appartement de mon père.

– La chambre de votre mari était-elle loin de celle où reposait M. Montessieux?

– Toute proche.

– Votre mari a veillé le corps?

– La dernière nuit, alternativement avec moi.

– Il est resté seul dans la chambre?

– Oui.

– Il y avait une armoire, un coffre où l'on supposait que M. Montessieux rangeait ses papiers?

– Une armoire.

– Fermée à clef?

– Je ne me rappelle pas.

– Je me rappelle, moi, dit Catherine. Lorsque grand-père a été surpris par la mort, l'armoire était ouverte. J'ai enlevé la clef et l'ai mise sur la cheminée, où maître Bernard l'a prise le jour de l'enterrement afin d'ouvrir l'armoire. »

Raoul fit un geste sec, de la main, et prononça :

« Il y a donc lieu de croire que c'est durant la nuit que M. Guercin aurait dérobé le testament. »

Aussitôt, Bertrande se révolta :

« Que dites-vous? Mais c'est abominable! De quel droit affirmez-vous *a priori* qu'il l'ait dérobé?

– Il faut bien qu'il l'ait dérobé, dit Raoul, puisqu'il a payé le sieur Fameron pour l'introduire dans le dossier Montessieux.

– Mais pourquoi l'aurait-il dérobé?

– Pour le lire d'abord et pour voir s'il n'y avait pas

quelque disposition désavantageuse pour vous, c'est-à-dire pour lui.

– Mais il n'y en avait aucune!

– A première vue, non. Vous receviez une part, votre sœur une autre part plus importante, et vous étiez dédommagée par une somme en or. Mais d'où venait cet or? C'est ce que vous vous demandez et ce que se demanda M. Guercin. A tout hasard, il empocha le document, se réservant d'y réfléchir et de se procurer la feuille supplémentaire qui devait, par annexe, expliquer le secret de fabrication de l'or. Il ne trouva rien. Mais ses réflexions, dont on devine le processus en lisant le document, le poussaient, deux mois plus tard, à rôder autour de Radicatel.

– Qu'en savez-vous, monsieur? Il ne me quittait pas. Je voyageais avec lui.

– Pas toujours. A cette époque il simula un voyage en Allemagne (j'ai connu cette absence en interrogeant votre sœur à son insu). En réalité il s'établit de l'autre côté de la Seine, à Quillebeuf, et, le soir, il venait dans le bois voisin et se cachait dans la cabane de la mère Vauchel et de son fils. La nuit il franchissait le mur derrière les rochers, à un endroit que j'ai repéré, et il venait visiter le manoir. Visites inutiles, qui ne lui procurèrent ni l'explication du secret ni la poudre d'or. Mais, pour ajouter à votre héritage la bande de terrain à laquelle, dans l'esprit même du testament rédigé, semblaient liées la découverte et la possession du secret, il déplaça les saules, enclavant ainsi dans votre lot les rochers, la Butte-aux-Romains et la rivière. »

Bertrande s'irritait de plus en plus.

« Des preuves! des preuves!

– C'est le fils Vauchel, bûcheron de son état, qui a fait le travail. Sa mère était au courant. Avant de devenir tout à fait folle, elle a bavardé. Des commères du village que j'ai questionnées m'ont fixé sur ces points.

– Mais, était-ce bien mon mari?

– Oui. On le connaissait dans la région, parce qu'il avait habité jadis avec vous le manoir. En outre, j'ai retrouvé ses traces à l'hôtel de Quillebeuf, où il s'était inscrit sous un faux nom sans déguiser son écriture. J'ai déchiré la page du registre et je l'ai dans mon portefeuille. Le registre contenait aussi d'ailleurs la signature d'une autre personne qui l'a rejoint vers la fin de son séjour.

– Une autre personne?

– Oui, une dame. »

Bertrande eut un accès de colère.

« C'est un mensonge! Mon mari n'a jamais eu de maîtresse. Et puis tout cela n'est que calomnie et mensonge! Pourquoi vous acharnez-vous après lui?

– Vous m'avez questionné.

– Après? Après? dit-elle, en essayant de se dominer. Continuez. Je veux savoir jusqu'où on peut avoir l'audace... »

Raoul poursuivit calmement :

« Après, M. Guercin a interrompu son entreprise. Les saules reprenaient vigueur à l'endroit où il les avait fait planter. Le tertre d'où il les avait arrachés recouvrait peu à peu son aspect naturel. En outre, la solution du problème demeurait en suspens et le secret de l'or fabriqué restait impénétrable. Le désir de se remettre à l'œuvre l'amena ici lorsque vous y fûtes installée avec votre sœur.

« Le moment était venu d'utiliser le testament, de vivre à l'endroit même où avait vécu M. Montessieux, et d'étudier sur place le terrain conquis et les conditions dans lesquelles l'or avait pu être fabriqué. Dès le second soir, il embauchait le sieur Fameron et, moyennant vingt mille francs, achetait la conscience du bonhomme. Le lendemain matin, le sieur Fameron le relançait ici – derniers scrupules, instructions à recevoir, on ne pourrait le préciser. Après le déjeuner, M. Guercin se promenait dans le parc, traversait la rivière, poussait une pointe vers le pigeonnier, ouvrait la porte...

— ...Et recevait une balle en pleine poitrine, qui le tuait net, interrompit Béchoux, d'une voix forte, en se levant, les bras croisés, l'attitude provocante. Car, enfin, c'est à cela qu'aboutit toute ta démonstration!

— Qu'est-ce que tu veux dire? »

Béchoux répéta, de la même voix ardente et triomphante :

« ...Et il recevait une balle en pleine poitrine, qui le tuait net! Ainsi M. Guercin serait l'âme du complot; il aurait dérobé le testament; il aurait transplanté trois arbres; il aurait cambriolé mille mètres de ce jardin; il aurait remué ciel et terre, et non seulement ce n'est pas lui qui, complétant son œuvre, aurait tendu le piège suprême, mais c'est lui, au contraire, qui aurait été la victime de ses propres embûches! Et voilà tout ce que tu nous proposes. Et tu voudrais me faire gober, à moi, Béchoux, à moi le brigadier Béchoux, me faire gober de semblables bourdes! A d'autres, mon vieux! »

Béchoux, le brigadier Béchoux, s'était planté en face de Raoul d'Avenac, les bras toujours croisés et la physionomie gonflée d'une sainte indignation. A côté de lui, Bertrande s'était redressée, prête à défendre son mari. Catherine, assise et la tête basse, sans manifester aucun de ses sentiments, paraissait pleurer.

Raoul regarda Béchoux longuement avec une expression de mépris indicible, comme s'il pensait : « Mais je ne ferai donc jamais rien de cet imbécile! » Puis il haussa les épaules et sortit.

On le vit à travers la fenêtre. Il arpentait l'étroite terrasse qui longeait la maison. La cigarette aux lèvres, les mains au dos, ses yeux fixés sur les dalles de la terrasse, il réfléchissait. Une fois il alla vers la rivière, qu'il suivit jusqu'au pont, s'arrêta, puis revint? Quelques minutes encore s'écoulèrent.

Quand il rentra, les deux sœurs et Béchoux ne prononcèrent pas une parole. Bertrande, assise près de Catherine, semblait effondrée. Quant à Béchoux, il n'offrait plus le plus petit symptôme de résistance, de provocation, de morgue agressive. On eût dit que le regard dédaigneux de Raoul l'avait dégonflé, et qu'il ne songeait plus, à force d'humilité, qu'à se faire pardonner sa révolte contre le maître.

Celui-ci, d'ailleurs, ne se donna même pas la peine de poursuivre son argumentation et d'en expliquer les contradictions.

Il demanda simplement à Catherine :

« Dois-je répondre, pour que vous ayez confiance en moi, à la question brandie par Théodore Béchoux?

– Non, dit la jeune fille.

– C'est votre avis, madame? demanda-t-il à Bertrande.

– Oui.

– Vous avez en moi une foi absolue?

– Oui. »

Il reprit :

« Désirez-vous rester au manoir, retourner au Havre, ou vous rendre à Paris? »

Catherine se leva vivement, et, les yeux dans ses yeux, lui dit :

« Nous ferons ce que vous nous conseillerez, ma sœur et moi.

– En ce cas, restez au manoir. Mais restez-y sans vous tourmenter de ce qui pourrait advenir. Quelles que soient les apparences, si violentes que soient les menaces dont vous vous sentirez entourées et les prédictions de Théodore Béchoux, n'ayez pas une seconde d'appréhension. Une seule précaution à prendre : préparez-vous à quitter le manoir dans quelques semaines, et dites bien haut que vous partez le 10 septembre, le 12 au plus tard, certaines affaires vous rappelant à Paris.

– A qui devons-nous dire cela?

— Aux gens du village que vous pouvez rencontrer.

— Nous ne sortons guère.

— Alors dites-le à vos domestiques, que je vais aller chercher au Havre. Que vos intentions soient connues de maître Bernard, de ses clercs, de Charlotte et de M. Arnold, du juge d'instruction, etc. Le 12 septembre prochain le manoir sera fermé, et votre intention est de n'y revenir qu'au printemps prochain. »

Béchoux insinua :

« Je ne saisis pas très bien.

— Le contraire m'étonnerait », dit Raoul.

La séance était finie. Comme l'avait prévu Raoul, elle avait été longue.

Béchoux lui demanda, le prenant à part :

« Tu as terminé?

— Pas tout à fait. La journée ne s'achèvera pas là-dessus. Mais le reste ne te regarde pas. »

Le soir même, Charlotte et M. Arnold rentraient. Raoul avait décidé que Béchoux et lui, dès le lendemain, s'installeraient sommairement dans le pavillon de chasse, et que la femme de ménage de Béchoux s'occuperait de leur service. C'était le maximum de précaution qu'il consentait à prendre, affirmant que les deux sœurs ne couraient et n'avaient jamais couru aucun danger à demeurer seules, et qu'il était préférable, pour des raisons qu'il ne donna pas, de vivre séparément. Et tel était son ascendant sur elles, malgré l'anomalie d'une telle affirmation, qu'elles ne protestèrent ni l'une ni l'autre.

Catherine, se trouvant seule avec lui un moment, murmura, sans le regarder :

« Je vous obéirai, Raoul, quoi qu'il arrive. Il me semblerait impossible de ne pas vous obéir. »

Elle défaillait d'émotion. Elle sourit également.

Ce dernier dîner, pris en commun, fut taciturne. Les accusations de Raoul avaient créé de la gêne. Le soir, comme d'habitude, les deux sœurs restèrent dans le boudoir. A dix heures, Catherine d'abord, puis Béchoux se retirèrent. Mais, au moment où Raoul allait quitter le billard, Bertrande le rejoignit et lui dit :

« J'ai à vous parler. »

Elle était très pâle, et il vit que ses lèvres tremblaient.

« Je ne pense pas, dit-il, que cette conversation soit indispensable.

– Mais oui, mais oui, fit-elle vivement. Vous ne savez pas ce que j'ai à vous dire, et si c'est grave ou non. »

Il répéta :

« Êtes-vous sûre? Êtes-vous sûre que je ne le sache pas? »

La voix de Bertrande s'altéra un peu.

« Comme vous répondez! On croirait que vous avez de l'animosité contre moi.

– Ah! aucune, je vous le jure, dit-il.

– Si, si. Sans quoi m'auriez-vous révélé la présence de cette femme à Quillebeuf, auprès de mon mari? C'était me faire une peine inutile.

– Vous êtes libre de ne pas ajouter foi à ce détail.

– Ce n'est pas un détail, murmura-t-elle. Ce n'est pas un détail. »

Elle ne quittait pas Raoul des yeux. Après une pause, elle demanda, hésitante et anxieuse :

« Alors, vous avez pris cette page du registre?

– Oui.

– Montrez-la-moi. »

Il tira de son portefeuille une page, soigneusement coupée. Elle était divisée en six cases, dont chacune offrait les questions imprimées, et les réponses manuscrites des voyageurs.

« Où est la signature de mon mari?

– Ici, dit-il, M. Guercigny. Vous voyez, c'est une altération de son nom. Vous reconnaissez l'écriture? »

Elle hocha la tête et ne répliqua pas. Puis elle reprit, les yeux toujours levés vers lui :

« Je n'aperçois aucune signature de femme sur cette page.

– Non. La dame n'est venue que quelques jours plus tard. Voici la page que j'ai enlevée également, et voici la signature : Mme Andréal, de Paris. »

Bertrande chuchota :

« Mme Andréal. Mme Andréal...

– Ce nom ne vous dit rien?

– Rien.

– Et vous ne reconnaissez pas l'écriture?

– Non.

– Elle est, en effet, visiblement déguisée. Mais, en l'étudiant avec attention, il est impossible de ne pas retrouver certains signes particuliers et très caractéristiques, comme l'A majuscule, comme le point de l'*i* placé très à droite. »

Elle balbutia, au bout d'un instant :

« Pourquoi dites-vous des signes particuliers? Vous avez donc des points de comparaison?

– Oui.

– Vous possédez l'écriture de cette dame?

– Oui.

– Mais... alors... vous savez qui a tracé ces lignes?

– Je le sais.

– Et si vous vous trompez? s'écria-t-elle, en un sursaut d'énergie... Car enfin... vous pouvez vous tromper... Deux écritures peuvent être ressemblantes et n'être pas de la même personne. Réfléchissez. Une telle accusation est si grave! »

Elle se tut. Ses yeux, tour à tour, imploraient Raoul et le défiaient. Et puis, soudain vaincue, elle tomba sur un fauteuil et se mit à sangloter.

Il lui donna le loisir de se reprendre, peu à peu, et, penché sur elle, lui mettant sa main sur l'épaule, il murmura :

« Ne pleurez pas. Je vous promets de tout arranger. Mais dites-moi bien que toutes mes suppositions sont exactes, et que je puis continuer dans la voie où je me suis engagé.

– Oui, fit-elle d'un ton à peine perceptible... oui... c'est l'entière vérité. »

Elle avait saisi la main de Raoul et, la tenant entre les siennes, la pressait et la mouillait de ses larmes.

« Comment les choses se sont-elles passées? dit-il. Quelques mots seulement, pour que je sache... Plus tard, s'il le faut, nous en reparlerons. »

Elle prononça, d'une voix brisée :

« Mon mari n'est pas tout à fait aussi coupable qu'on peut le croire... C'est grand-père qui lui avait confié une lettre, laquelle devait être ouverte à sa mort, en présence du notaire. Mon mari l'a ouverte et a trouvé le testament.

– C'est l'explication que votre mari vous a donnée?

– Oui.

– Elle est peu vraisemblable. Votre mari était en bons termes avec M. Montessieux?

– Non.

– Alors, comment votre grand-père lui aurait-il confié son testament?

– En effet... en effet. Mais je vous dis ce qu'il m'a raconté... plusieurs semaines après.

– En vous taisant sur les volontés de M. Montessieux, vous vous faisiez complice de votre mari...

– Je le sais... et j'en souffrais beaucoup. Mais nous avions de gros ennuis d'argent, et il nous semblait que nous étions frustrés au profit de Catherine. C'est cette histoire d'or qui a tourné la tête à mon mari. Malgré nous, nous étions persuadés que grand-père avait trouvé le secret de la fabrication, et qu'en léguant à Catherine le manoir et tout le côté du parc à droite de la rivière, il lui livrait par là même, et à elle seule, des trésors illimités.

– Mais elle eût certainement partagé avec vous.

– J'en suis sûre, mais j'ai subi la domination de mon mari, et je me suis laissée entraîner par faiblesse, par lâcheté... Quelquefois même avec une sorte de rage. C'était si injuste... si révoltant...!

– Mais puisque le testament était supprimé, la propriété restait indivise entre votre sœur et vous.

– Oui, mais elle pouvait se marier – ainsi qu'il arrive actuellement – et nous n'étions plus libres de faire les recherches que nous voulions. D'ailleurs, mon mari devait en savoir plus long qu'il ne le disait.

– Par qui?

– Par la mère Vauchel, qui travaillait ici autrefois, et qui, dans sa demi-folie, lui racontait certaines choses sur grand-père, où il était surtout question de rochers, de la Butte-aux-Romains et de la rivière. Cela concordait avec la volonté de mon grand-père sur cette limite des saules qu'il voulait imposer entre les deux propriétés.

– Et c'est pour cela que M. Guercin a changé cette limite?

– Oui. Moi, je suis venue à Quillebeuf, comme vous l'avez appris par ma signature. Mon mari me rendait compte...

– Et par la suite?

– Il ne m'a plus rien dit. Il se défiait de moi.

– Pourquoi?

– Parce que je m'étais reprise et que je le menaçais de tout dire à Catherine. D'ailleurs, nous vivions de plus en plus éloignés l'un de l'autre. Cette année, quand je suis venue ici avec Catherine, en vue de son mariage, c'était, dans mon idée, une séparation définitive. L'arrivée de mon mari deux mois après m'a surprise. Il ne m'a rien dit de son affaire avec Fameron, et je ne sais pas qui l'a tué, et pourquoi on l'a tué. »

Elle frissonnait. Le souvenir du crime la bouleversait de nouveau, et elle eut un accès de désespoir et de terreur qui la rejeta vers Raoul.

« Je vous en prie... je vous en prie... supplia-t-elle, aidez-moi... protégez-moi...

– Contre qui?

– Contre personne... mais contre les événements... contre le passé... Je ne veux pas qu'on sache ce qu'a fait mon mari, et que j'ai été sa complice... Vous qui avez tout découvert, vous pouvez empêcher cela... Vous pouvez tout ce que vous voulez... J'ai l'impression d'une telle sécurité près de vous! Protégez-moi. »

Elle appuyait la main de Raoul sur ses yeux mouillés, sur ses joues couvertes de larmes.

Raoul fut troublé. Il la redressa. Le beau visage de Bertrande se trouva près du sien, visage tragique et déformé par l'émotion.

« Ne craignez rien, murmura-t-il, je vous défendrai.

– Et puis vous ferez la lumière, n'est-ce pas? Tout ce mystère pèse sur moi. Qui a tué mon mari? Pourquoi l'a-t-on tué? »

Il lui dit très bas, en contemplant les lèvres qui frissonnaient :

« Votre bouche n'est pas faite pour le désespoir... Il faut sourire... sourire et ne pas avoir peur... Nous chercherons ensemble.

– Oui, ensemble, dit-elle ardemment. Près de vous, je suis si apaisée. Je n'ai confiance qu'en vous... En dehors de vous, personne ne peut m'aider... Je ne sais pas ce qui se passe en moi..., mais il n'y a plus que vous... il n'y a plus que vous... Ne m'abandonnez pas... »

X

L'HOMME AU GRAND CHAPEAU

Le sieur Fameron revint de Rouen beaucoup plus tôt que ne l'avait calculé Raoul. Dévalisé par un de ses camarades de ripaille, il prit possession, sur la route de Lillebonne à Radicatel, de la petite maison qu'il s'était préparée, au cours d'une longue vie de privations et de droiture, et se coucha, ce soir-là, avec la conscience satisfaite d'un homme qui n'a pas dans sa poche un sou qu'il n'ait gagné en dehors de son honnête travail.

Il fut donc surpris d'être réveillé, en pleine nuit, par un individu qui lui lançait dans les yeux un jet de lumière, et qui lui rappela certain épisode assez confus de sa joyeuse vie de fêtard.

« Eh bien, quoi, Fameron, on ne reconnaît pas son vieux camarade de Rouen, l'ami Raoul? »

Il se leva sur son séant, effaré et pantois, et bredouilla :

« Qu'est-ce que vous me voulez?... Raoul?... je ne connais personne de ce nom-là.

– Comment? tu ne te souviens pas de nos ripailles selon ton expression, et des confidences que tu m'as faites, une nuit, à Rouen?

– Quelles confidences?

– Tu sais bien, Fameron... les vingt mille francs? le

monsieur qui t'a abordé?... la lettre introduite dans le dossier Montessieux?

— Taisez-vous!... taisez-vous! gémit Fameron, d'une voix étranglée.

— Soit. Mais alors réponds. Et, si tu réponds gentiment, je ne dirai pas un mot de ton affaire à mon ami Béchoux, le brigadier de la Sûreté avec qui j'enquête sur l'assassinat de M. Guercin. »

La terreur du bonhomme Fameron s'exaspéra. Il roulait des yeux blancs et semblait sur le point de s'évanouir. « Guercin?... M. Guercin?... je vous jure que j'ignore tout.

— Je le crois, Fameron... tu n'as pas la tête d'un assassin... C'est autre chose que je voudrais savoir... une petite chose de rien du tout... après quoi tu pourras dormir comme une petite fille sage.

— Quoi?

— Tu connaissais M. Guercin autrefois?

— Oui, je l'avais vu à l'étude, comme client.

— Depuis?

— Jamais.

— Sauf la fois où il t'a abordé et sauf la fois où tu as été le voir à Radicatel, le matin du crime?

— C'est ça.

— Eh bien, voici tout ce que je te demande: cette nuit-là, était-il seul?

— Oui... ou plutôt non.

— Précise.

— Il était seul, pour me parler. Mais, à dix mètres de distance, entre les arbres — ça se passait sur la route, près d'ici — il y avait quelqu'un que j'entrevoyais dans l'obscurité.

— Quelqu'un qui était avec lui, ou qui l'épiait?

— Je ne sais pas... Je lui ai dit : « Il y a quelqu'un.... » Il m'a répondu : « Je m'en moque. »

– Comment était-il, ce quelqu'un?

– Je ne sais pas. Je n'ai vu que son ombre.

– Comment était-elle, cette ombre?

– Je ne pourrais pas dire. Tout de même j'ai vu qu'elle portait un grand chápeau.

– Un très grand chapeau?

– Oui, comme un chapeau à très larges bords, et à très haute calotte.

– Tu n'as rien d'autre de particulier à me signaler?

– Rien.

– Tu n'as pas la moindre opinion sur l'assassinat de M. Guercin?

– Aucune. J'ai pensé seulement qu'il y avait peut-être un rapport entre le criminel et l'ombre que j'avais aperçue.

– Probable, dit Raoul. Mais ne t'occupe pas de tout cela, Fameron. N'y pense plus et dors. »

Avec une poussée douce, il obligea Fameron à s'étendre, lui remonta ses draps jusqu'au menton, le borda et s'en alla sur la pointe des pieds, en lui recommandant de faire dodo bien sagement.

Lorsque Arsène Lupin raconta, par la suite, le rôle qu'il joua, sous le nom de Raoul d'Avenac, dans l'aventure de la Barre-y-va, il fit à ce moment une petite digression psychologique :

« J'ai toujours constaté que, en pleine crise d'action, on se trompe sur l'état d'âme de ceux qui s'y trouvent mêlés. On les juge avec perspicacité pour tout ce qui concerne l'action où l'on est engagé, mais leurs pensées secrètes, en dehors de cela, leurs sentiments, leurs goûts, leurs projets nous demeurent inconnus. Ainsi, en l'occurrence, je ne distinguais absolument rien dans la psychologie de Bertrande, et pas davantage dans celle de Catherine. Je ne songeais même pas qu'il y eût quelque chose à distinguer qui fût étranger à notre affaire. Elles avaient l'une et l'autre des sautes d'humeur, des accès de confiance à mon égard et de défiance, de crainte et de tranquillité, de gaieté et de sombre mélancolie, au sujet desquels je fis entièrement fausse route. Dans tous les mouvements de leur esprit, je ne cherchais qu'une relation avec notre affaire, et je ne les interrogeais qu'à propos de cette affaire, alors que, la plupart du temps, leurs pensées ne s'y rapportaient nullement. Mon erreur, à moi qu'obsédait un problème criminel sur lequel mon opinion n'était pas loin de se former, fut de ne pas voir que le problème était en partie sentimental. Cela retarda quelque peu la solution. »

Mais, en revanche, que de compensations ce retard valut à Raoul ! Conseiller quotidien des deux sœurs, obligé de soutenir leur moral et de remonter leur courage, il vécut entre elles, soit avec l'une, soit avec l'autre, des semaines charmantes. Le matin, avant le déjeuner, elles le retrouvaient sur une barque qu'il avait fait amarrer au pilier de gauche et où il se livrait à la pêche, son divertissement favori.

Parfois, ils s'en allaient à la dérive, portés par le flot qui faisait remonter la rivière vers sa source. Ils passaient sous le pont, ils passaient contre la Butte-aux-Romains, dans la gorge profonde qui menait aux saules. Et puis ils s'en retournaient nonchalamment avec le flot qui redescendait.

L'après-midi, c'était une promenade aux environs, vers Lillebonne ou Tancarville, ou vers le hameau de Basmes. Raoul causait avec les paysans. Quoique les Normands se défient des étrangers, de ceux qu'ils nomment les horsains, Raoul savait délier leur langue, et il apprit ainsi que plusieurs vols avaient été commis depuis quelques années, au préjudice de châtelains ou de riches fermiers. On sautait les murs, on escaladait les talus, on pénétrait dans les maisons, et de vieux bijoux de famille ou des pièces d'argenterie disparaissaient.

Les enquêtes poursuivies n'avaient jamais donné de résultats, et la justice n'avait même pas évoqué ces vols lors de l'affaire Guercin, mais on savait dans le pays que plusieurs d'entre eux avaient été commis par un homme à grand chapeau. On affirmait avoir vu la silhouette de ce grand chapeau qui semblait de couleur foncée, noire sans doute. L'homme était mince et d'une taille très au-dessus de la moyenne.

A trois reprises, on recueillit les empreintes de ses pas : elles étaient lourdes, énormes, et provenaient évidemment de sabots démesurés.

Mais ce qui intrigua le plus, ce fut de constater qu'une fois, pour pénétrer dans un château, l'homme n'avait pu s'introduire que par une ancienne canalisation, si étroite qu'elle aurait tout juste livré passage à un enfant. Et, dans la cour intérieure de cette propriété, on avait aperçu la silhouette gigantesque de son chapeau et relevé les traces de ses sabots démesurés. Et tout cela s'était glissé par l'ancienne canalisation !

Aussi la légende de l'homme au grand chapeau courait-elle dans la région comme celle de quelque fauve terrible et capable des pires méfaits. Pour les commères, nul doute que ce ne fût lui le meurtrier de M. Guercin. La supposition ne manquait pas de vraisemblance.

Béchoux, mis au courant, crut pouvoir affirmer que, la nuit où Catherine avait été attaquée dans sa chambre, l'agresseur poursuivi au milieu des ténèbres du parc lui avait laissé, à lui Béchoux, la vision d'un homme coiffé d'un grand chapeau. Vision très fugitive, mais qu'il retrouvait maintenant enregistrée dans sa mémoire.

Ainsi toutes les présomptions tournaient autour de cet individu mystérieux, coiffé et chaussé d'étrange façon. Entrant dans le domaine comme il voulait, s'en éloignant à son gré, rôdant aux environs, opérant de droite et de gauche, et à des intervalles très irréguliers, il semblait bien réellement le génie malfaisant de la contrée.

Un après-midi, Raoul, que son instinct dirigeait souvent vers la cabane de la mère Vauchel, appela les deux sœurs. En examinant tout un groupe de planches dressées les unes contre les autres et appuyées au tronc d'un arbre, il avait mis à découvert une vieille porte, fendue et démolie, sur laquelle un dessin à la craie était tracé, grossièrement, d'une main maladroite.

« Tenez, dit-il, voilà notre homme, c'est bien les lignes de son chapeau... de cette espèce de sombrero pour fort de la halle qu'on lui attribue.

— C'est impressionnant, murmura Catherine. Qui a pu faire cela?

— Le fils Vauchel. Il s'amusait à crayonner sur des bouts de planches ou des morceaux de carton. Aucun art, d'ailleurs, même rudimentaire. Et alors tout concorde. La cabane Vauchel était au centre des machinations. Notre homme et M. Guercin s'y sont rencontrés peut-être. C'est ici qu'un ou deux bûcherons de passage ont été embauchés par le fils Vauchel pour déplacer les trois saules. La mère à demi folle assistait aux conciliabules. Elle devinait ce qu'elle ne comprenait pas, interprétant, imaginant, remâchant tout cela dans sa pauvre cervelle, et c'est tout cela qu'elle exprima plus tard devant vous, Catherine, en phrases inachevées et incohérentes où il y avait ces menaces qui vous ont tellement effrayée. »

Et le lendemain Raoul découvrait une demi-douzaine de croquis, le schéma des trois saules, des roches, du pigeonnier, deux silhouettes du chapeau, et un enchevêtrement de lignes où l'on discernait la forme d'un revolver.

Et Catherine se rappelait que le fils Vauchel, fort adroit de ses mains, venait jadis au manoir, comme sa mère, et, sous la direction de M. Montessieux, faisait des travaux accessoires de menuiserie ou de serrurerie.

« Or, conclut Raoul, des cinq personnes que nous

venons de citer, quatre sont mortes, M. Montessieux, M. Guercin, la mère et le fils Vauchel. Seul l'homme au chapeau reste, et sa capture seule peut dénouer la situation. »

De fait cette ténébreuse figure dominait tout le drame. Il semblait, à chaque instant, qu'elle allait surgir d'entre les arbres, de dessous la terre, ou du lit même de la rivière. Au tournant des allées, comme au niveau des pelouses ou sur la cime des arbres, flottait un fantôme qu'un regard plus attentif dissipait aussitôt.

Catherine et Bertrande demeuraient nerveuses. L'une et l'autre se pressaient contre Raoul, comme on se met à l'abri du danger. Il y avait parfois entre elles un désaccord qu'il pressentait, des silences gênants, des embrassades soudaines, des effrois qu'il apaisait avec des mots et des gestes affectueux, mais qui renaissaient, sans motif précis. D'où venait ce déséquilibre? Est-ce que la peur du fantôme suffisait à l'expliquer? Subissaient-elles une influence ignorée de lui? Luttaient-elles contre des forces cachées? Connaissaient-elles des secrets qu'elles se refusaient à révéler?

La date du départ approchait. De belles journées se succédaient à la fin du mois d'août. Après le dîner, ils aimaient rester dehors, sur la terrasse. On ne voyait pas Béchoux, mais on l'apercevait non loin de la maison, qui fumait en compagnie de la jolie Charlotte, tandis que M. Arnold terminait complaisamment le service.

Vers onze heures, on se quittait. Puis Raoul faisait une ronde furtive dans le jardin, et, prenant la barque, remontait le cours de la rivière et demeurait à l'affût, l'oreille tendue.

Un soir, le temps était si magnifique que les deux sœurs voulurent le rejoindre. La barque glissa sans bruit, à menus coups de rames qui laissaient tomber, avec un murmure frais, des gouttes d'eau. Un ciel d'étoiles versait une lueur confuse qu'un peu de lune naissante qui se levait quelque part, dans la brume de l'horizon, rendait peu à peu plus précise.

Ils gardaient le silence.

Au creux du défilé, les rames ne pouvant s'éployer, ils ne bougeaient presque pas. Puis il y eut comme un remous de la marée qui les fit voguer doucement et se balancer d'une rive à l'autre.

Raoul passa ses mains sur les mains des jeunes femmes et chuchota :

« Écoutez. »

Elles ne perçurent rien, mais éprouvèrent une certaine oppression comme à l'approche d'un péril qui ne s'annonçait ni dans le souffle égal de brise, ni dans l'apaisement de la nature. Raoul serrait davantage son étreinte. Il devait, lui, entendre ce qu'elles n'entendaient pas, et savoir qu'il y a des silences chargés de menaces. L'ennemi, s'il était en embuscade, les voyait, tandis qu'on ne pouvait scruter les pentes qui, de chaque côté, offraient tant de repaires invisibles.

« Allons-nous-en », dit-il en piquant l'un des avirons dans le talus de la berge.

Il était trop tard. Quelque chose s'écroula d'en haut, de dessus la falaise, quelque chose qui dégringola avec fracas et qui, en l'espace de trois ou quatre secondes, s'abattit dans la rivière. Si Raoul n'avait pas tenu ses rames en main, et s'il n'avait pas eu la présence d'esprit de faire pirouetter la barque, un quartier de roc en écrasait l'avant. Une gerbe d'eau, tout au plus, les éclaboussa.

Raoul bondit sur le talus. De son œil perçant, il avait avisé parmi les pierres et les pins du sommet, la forme d'un chapeau démesuré. La tête seule avait émergé durant une seconde, puis avait disparu. L'homme se croyait en sûreté dans son trou. Avec une vitesse invraisemblable, Raoul escalada la paroi presque verticale, s'aidant des fougères et s'accrochant aux aspérités. L'ennemi ne dut l'entendre qu'au dernier moment, car, se dressant à demi, il s'aplatit de nouveau, et Raoul ne vit plus que le sol bossué que couvrait l'ombre des arbres.

Il s'orienta un instant, hésita, puis fit un saut prodigieux, et tomba sur une masse noire et immobile qui semblait plutôt une levée de terre. C'était *lui*. Il le tenait.

Il le tenait à la taille, et il lui cria :

« Fichu, mon bonhomme! Rien à faire, entre mes pinces. Ah! gredin, on va rigoler. »

L'homme glissa, comme dans une rainure du sol, et rampa durant quelques mètres, toujours tenu solidement par les hanches. Raoul l'insultait et se moquait de lui. Cependant Raoul avait l'impression que sa proie, dans l'ombre épaisse où elle était dissimulée, fondait pour ainsi dire entre ses mains. A cause de deux grosses pierres, entre lesquelles elle s'enfonçait, Raoul la serrait moins bien, les mains écorchées par les rugosités, et les bras rapprochés de plus en plus l'un contre l'autre. Mais oui, mais oui, elle s'enfonçait! On eût dit qu'elle entrait dans la terre, qu'elle diminuait de seconde en seconde, plus menue et insaisissable. Hors de lui, Raoul grognait et jurait. Mais l'homme s'allongeait, s'amincissait, filait entre les doigts crispés, et il arriva un moment où Raoul n'eut plus rien à tenir. Tout s'était évanoui. Par quel miracle? En quel refuge impénétrable? Il écouta. Aucun bruit, sauf l'appel des deux jeunes femmes qui l'attendaient près de la barque, anxieuses et tremblantes.

Il les rejoignit.

« Personne, dit-il, sans avouer sa défaite.

— Mais vous l'avez vu?

— J'avais cru le voir. Mais, sous les arbres, parmi toutes ces ombres, peut-on affirmer?... »

Il les ramena vivement au Manoir et courut dans le jardin.

Il était furieux, furieux contre l'homme et contre lui-même. Il fit le tour des murs, guettant certaines issues par où il savait qu'on pouvait s'enfuir. Tout à coup, il précipita sa course, du côté de la serre écroulée. Voilà qu'une silhouette remuait, comme agenouillée... deux silhouettes même.

Il se jeta sur elles. La seconde se sauva. Raoul empoigna, à bras le corps, le premier des deux êtres et roula dans les ronces avec lui en criant :

« Ah ! cette fois, tu y es ! tu y es ! »

Une voix faible se lamenta.

« Ah ! ça mais, qu'est-ce que tu as ? vas-tu me ficher la paix ? »

C'était la voix de Béchoux.

Raoul fut exaspéré.

« Crebleu de crebleu ! Tu ne peux pas être couché à cette heure-là ! Triple imbécile, avec qui étais-tu ? »

Mais, à son tour, Béchoux eut un accès de rage, et dressé contre Raoul, le secouant avec une force irrésistible, il mâchonnait :

« L'imbécile, c'est toi ! De quoi te mêles-tu ? Pourquoi nous as-tu dérangés ?

– Qui, vous ?

– Mais *elle*, parbleu ! J'étais sur le point de l'embrasser. Elle avait perdu la tête pour la première fois... J'allais l'embrasser, et voilà que tu rappliques ! Bougre d'idiot, va ! »

Malgré sa fureur, malgré ses déboires, Raoul évoquant enfin la scène de séduction qu'il avait interrompue, se mit à rire, d'un rire fou, qui le ployait en deux.

« La cuisinière !... La cuisinière !... Béchoux allait embrasser la cuisinière ! Et j'ai coupé court à cette petite cérémonie... Dieu, que c'est rigolo ! Béchoux allait embrasser la cuisinière ! Don Juan, va !

XI

PRIS AU PIÈGE

Après quelques heures de sommeil, Raoul d'Avenac sauta de son lit, s'habilla et se rendit sur les rochers du défilé. Pour reconnaître l'endroit où la lutte s'était produite, il avait laissé son mouchoir.

Il ne l'y retrouva pas à la même place, mais plus loin, noué deux fois (alors qu'il pouvait affirmer n'avoir fait aucun nœud) et fiché dans le tronc d'un sapin par la pointe d'un poignard.

« Allons, se dit-il, on me déclare la guerre. C'est donc qu'on a peur de moi. Tant mieux! Mais tout de même le sieur X a de l'audace... Et quelle virtuosité pour glisser entre les mains comme une anguille! »

Cela surtout intéressait d'Avenac. Et le résultat de ses observations l'intéressa davantage encore. L'issue par où son adversaire lui avait échappé était constituée par une fissure naturelle, une sorte de faille, comme il y en avait beaucoup dans le monticule de granit. Celle-ci, creusée entre deux rocs, était profonde tout au plus de soixante à quatre-vingts centimètres, mais longue, et surtout extrêmement étroite. Elle se terminait, dans sa partie descendante, par une sorte de goulot, si rétréci qu'on ne pouvait imaginer que l'homme eût passé par là, et qu'il y eût passé avec un chapeau certainement plus large que ses épaules et avec des chaussures grossières comme des sabots. Pourtant, il en était ainsi. Aucune autre issue n'existait. Et la faculté de s'étirer, que prouvait son incroyable évasion, concordait bien avec cette impression d'amincissement et de fluidité que Raoul avait éprouvée en le sentant se dissoudre, pour ainsi dire, entre ses doigts.

Catherine et Bertrande le rejoignirent, très émues encore par l'incident de la nuit, et le visage fatigué par l'insomnie. L'une et l'autre supplièrent Raoul d'avancer la date du départ.

« Pourquoi? s'écria-t-il... A cause de ce quartier de roc?

– Évidemment, fit Bertrande. Il y a là une tentative.

– Aucune tentative, je vous jure. Je viens d'examiner l'endroit, et je vous affirme que ce quartier de roc s'est détaché tout seul. C'est donc un hasard malencontreux, et pas davantage.

– Cependant, si vous avez couru jusqu'au haut, c'est que vous avez cru voir...

– Je n'ai pas cru voir, affirma-t-il. J'ai voulu me rendre compte s'il n'y avait pas quelqu'un et si la chute n'avait pas été provoquée artificiellement. Mes recherches de cette nuit et celles de ce matin ne me laissent aucun doute à ce propos. D'ailleurs, pour préparer la chute d'un tel bloc, il faut du temps. Or, personne ne pouvait se douter que vous feriez cette promenade nocturne, qui fut, vous le savez, décidée au dernier moment.

– Non, mais on savait bien que vous la faisiez, vous, depuis plusieurs nuits. Ce n'est plus nous qu'on attaque, mais vous, Raoul.

– Ne vous tourmentez pas pour moi, dit Raoul en riant.

– Mais si! mais si! Vous n'avez pas le droit de vous exposer, et nous ne le voulons pas. »

Elles s'effaraient toutes les deux, et l'une ou l'autre, tandis qu'il se promenait dans le jardin, lui tenait le bras et le suppliait.

« Allons-nous-en! Je vous assure que nous n'avons plus aucun plaisir à rester. Nous avons peur. Il n'y a que des pièges autour de nous... Allons-nous-en. Pour quelle raison ne voulez-vous pas partir? »

En fin de compte, il répondit :

« Pourquoi? Parce que l'aventure est sur le point de se dénouer, que la date est irrévocablement fixée, et qu'il faut que vous sachiez comment mourut M. Guercin, et d'où provient l'or de votre grand-père. N'est-ce pas votre désir?

– Certes, fit Bertrande. Mais ce n'est pas seulement ici que vous pouvez le savoir.

– Seulement ici, et aux dates fixées qui sont ou le 12, ou le 13, ou le 14 septembre.

– Fixées par qui? Par vous?... ou par l'autre?

– Ni par moi ni par lui.

– Alors?

– Par le destin, et le destin lui-même ne peut les changer.

– Mais si votre conviction est telle, comment se fait-il que le problème reste obscur pour vous?

– Il ne l'est plus, déclara-t-il, en appuyant sur les mots avec une conviction vraiment stupéfiante. Sauf sur quelques points, la vérité m'apparaît clairement.

– En ce cas, agissez.

– Je ne puis agir qu'aux dates fixées, et ce n'est qu'à ces dates qu'il me sera possible de mettre la main sur le sieur X et de vous fournir une quantité de poudre d'or. »

Il prophétisait du ton allègre d'un sorcier qui s'amuserait à intriguer et à dérouter. Et il leur proposa :

« Nous sommes aujourd'hui le 4 septembre. Vous n'avez plus que six ou sept jours. Patientez, voulez-vous? Et, sans plus penser à toutes ces choses agaçantes, profitons de cette dernière semaine de campagne. »

Elles patientèrent. Elles avaient des heures de fièvre et d'inquiétude. Elles se querellaient parfois, sans motif apparent. Elles demeuraient, aux yeux de Raoul, incompréhensibles, fantasques et, par cela même, plus attirantes. Mais elles ne pouvaient se quitter, et surtout elles ne quittaient pas Raoul.

Aussi ces quelques jours furent-ils charmants. En attendant un combat dont elles s'évertuaient à deviner les péripéties, et tout en se demandant s'il aurait lieu avant ou après le départ, elles en arrivaient, sous l'influence de Raoul, à se détendre et à jouir délicieusement de la vie. Elles riaient de tout ce qu'il disait, légères et graves, ardentes et nonchalantes, et elles se laissaient aller vers lui avec des élans dont il goûtait toute la spontanéité.

Quelquefois, au milieu de leurs effusions amicales, il s'interrogeait gaiement et sans aller trop au fond de lui.

« Bigre, mais voilà que je les aime de plus en plus, mes belles amies. Seulement, qui des deux est-ce que j'aime davantage? Au début c'était Catherine. Elle m'émouvait et je me suis dévoué à elle, insouciant de ce qu'il en adviendrait. Et puis Bertrande, plus femme et plus coquette, me trouble maintenant. En vérité, je perds la tête. »

Au fond, peut-être les aimait-il toutes deux, et, en les aimant toutes deux, l'une si pure et si ingénue, l'autre si tourmentée et si complexe, peut-être n'aimait-il qu'une seule et même femme, qui était, sous deux formes différentes, la femme de l'aventure à laquelle il consacrait toutes ses forces et toutes ses pensées.

Ainsi s'écoulèrent le 5, le 6, le 7, le 8 et le 9 septembre. A mesure que la date devenait plus proche, Bertrande et Catherine se maîtrisaient davantage, jusqu'à partager la sérénité de Raoul. Elles préparaient leurs malles, tandis que M. Arnold et Charlotte rangeaient le manoir.

Théodore Béchoux, très complaisant, ne dédaignait pas de donner un coup de main à Charlotte. Celle-ci devant aller dans sa famille durant une semaine, et Béchoux, qui voulait l'accompagner, ayant déclaré qu'il prendrait le train, Raoul avait obtenu des sœurs qu'elles fissent avec lui, en auto, le tour de la Bretagne. Pendant ce temps, le domestique mettrait en ordre l'appartement de Paris.

Le 10 septembre, après le déjeuner, Bertrande sortit du manoir et se rendit au village pour régler les factures des fournisseurs. Quand elle revint, elle aperçut d'abord Raoul qui pêchait à la ligne, installé dans la barque, puis vingt mètres plus loin, à l'entrée du pont, Catherine qui le regardait.

Elle s'assit vingt mètres avant la barque, et le regarda comme faisait sa sœur. Il était penché sur l'eau et ne semblait pas s'occuper de son bouchon qui se balançait. Considérait-il un spectacle quelconque au fond de la rivière? ou suivait-il quelque idée en lui-même?

Raoul dut sentir qu'on l'observait car il tourna la tête du côté de Catherine à qui il sourit, puis du côté de Bertrande à qui il sourit également. Elles montèrent dans la barque.

« Vous pensiez à nous, n'est-ce pas? demanda l'une d'elles en riant.

— Oui, dit-il.

— A laquelle?

— Aux deux. Je ne puis vraiment pas vous séparer l'une de l'autre. Comment ferais-je pour vivre sans vous deux?

— Nous partons toujours demain?

— Oui, demain matin, 11 septembre. C'est ma récompense, ce petit voyage en Bretagne.

– On part... cependant rien n'est résolu, fit Bertrande.

– Tout est résolu », dit-il.

Un long silence s'établit entre eux; Raoul ne pêchait rien et n'avait aucun espoir de rien pêcher, la rivière étant dépourvue du moindre goujon. Mais tout de même ils contemplaient tous trois les jeux du bouchon de liège. De temps à autre ils échangeaient une phrase, et le crépuscule les surprit dans cette intimité heureuse.

« Je vais donner un coup d'œil à mon auto, dit Raoul. Vous m'accompagnez? »

Ils se rendirent à ce hangar où il remisait son automobile, non loin de l'église. Tout allait bien. Le moteur tournait avec un murmure régulier.

A sept heures Raoul quitta Bertrande et Catherine, en leur disant qu'il viendrait les chercher le lendemain vers dix heures et demie, et qu'ils traverseraient la Seine sur le bac de Quillebeuf. Puis il rejoignit Béchoux dans sa chaumière, où, pour plus de commodité, ils devaient passer cette dernière nuit.

Après le dîner, l'un et l'autre gagnèrent leurs chambres. Bientôt Béchoux ronflait.

Alors Raoul sortit de la maison, prit sous le toit de chaume une échelle suspendue à deux crochets, l'emporta, suivit le sentier qui longeait, à droite, le mur de la Barre-y-va, tourna en haut vers la gauche, et monta sur ce mur. Arrivé au faîte, dans l'ombre épaisse d'un arbre dont les branches tombaient autour de lui et le cachaient, il laissa glisser l'échelle au-dehors, à l'aide d'une corde, et la coucha parmi les ronces.

Durant une demi-heure il resta dans l'arbre. Il voyait tout le parc, sous une lune étincelante qui diffusait une clarté blanche et calme, semblait fouiller les ténèbres, et se baignait dans l'eau argentée de la rivière.

Au loin, les lumières du manoir, une à une, s'éteignirent. L'horloge de Radicatel sonna dix coups.

Raoul veillait. Il ne croyait pas que le moindre danger menaçât les deux jeunes femmes, mais il ne voulait rien laisser au hasard. En supposant même qu'aucune embûche ne fût tendue, l'ennemi pouvait rôder, poursuivre ses préparatifs, se rapprocher du but qu'il croyait atteindre déjà, et s'assurer que lui-même n'était pas surveillé.

Soudain, Raoul tressaillit. L'événement allait-il lui donner raison de s'être mis à l'affût, et n'allait-il pas surprendre quelque manœuvre? A cinquante pas de lui, à l'intérieur de l'enceinte qu'il avait suivie, non loin de la petite porte par où, le premier matin, Catherine avait passé, il apercevait une forme immobile, collée contre le tronc d'un arbre, mais qui ne semblait pas en faire partie. De fait, elle oscilla plusieurs fois, puis parut diminuer de hauteur, jusqu'à s'étendre sur le sol. Si Raoul n'avait pas assisté à ce mouvement imperceptible, il n'aurait jamais détaché cette ombre allongée de l'ombre d'un grand if, et qui se mit à ramper dans la ligne même de l'obscurité.

Elle gagna ainsi le monticule qui s'était formé autour et au-dessus de la serre démolie, chaos de pierres et d'herbes et de buissons, où un passage se dessinait en courbe blanchâtre. Elle s'éleva peu à peu, traînant sur le sol, puis disparut dans les fourrés.

Raoul aussitôt, certain de n'être pas vu, sauta de son arbre, et se mit à courir en choisissant les endroits où n'arrivait pas le rayonnement de la lune. Ses yeux ne quittaient pas le point culminant des ruines. Quelques minutes lui suffirent pour en atteindre la base. Là, sans plus prendre de précautions, il s'engagea dans le passage pratiqué au milieu des éboulements et monta la piste qui serpentait.

Le revolver en main, car il éprouvait quelque méfiance, il parvint au sommet et chercha d'un coup d'œil. N'apercevant rien de suspect, il pensa que l'ennemi redescendait l'autre pente, et il fit encore trois pas.

Il eut une seconde ou deux d'hésitation. Il y a des instants où l'excès de calme, où la trop grande impassibilité des feuilles et des herbes vous paraissent autant de menaces. Il avança, cependant, tous ses sens aux aguets, et brusquement il eut l'impression qu'un craquement de branches se produisait sous ses pieds et qu'une fissure s'ouvrait au milieu des décombres.

Il tomba dans le vide, et sans doute sa chute avait été combinée de telle façon qu'il reçut à la hauteur du torse comme un formidable coup de bélier, qui l'empêcha de tomber debout, lui fit perdre l'équilibre, et l'abattit comme une masse inerte. Aussitôt il fut enveloppé d'une sorte de couverture, roulé et ficelé avant qu'il eût eu le temps de s'y reconnaître et d'opposer seulement un essai de résistance.

Tout cela fut exécuté avec une rapidité extraordinaire, et, autant qu'il put en juger, par un unique agresseur. Et non moins rapide fut la suite de l'opération. D'autres cordes s'enroulèrent qui durent être fixées à des points d'attache solidement établis, pieux, piquets de fer ou moellons cimentés. Puis il eut un éboulement de cailloux et de sable que l'on précipitait sur lui d'en haut.

Et puis, plus rien, le silence, les ténèbres, le poids d'une pierre tombale. Raoul était enseveli.

Ce n'était pas un homme à se considérer comme perdu et à supprimer en lui la notion de l'espoir. En toute occurrence, sans se dissimuler la gravité d'une situation, d'abord il apercevait les côtés rassurants. Et comment ne se fût-il pas dit sur-le-champ que, somme toute, on aurait pu le tuer, et qu'on ne l'avait pas fait. Ç'eût été si facile! Un coup de poignard, et l'on en finissait avec l'obstacle en quelque sorte invincible qu'il constituait pour son adversaire. Si on ne l'avait pas tué, c'est que sa suppression n'était pas indispensable, et qu'on pouvait se contenter de le réduire à l'impuissance durant les quelques jours que nécessitait la besogne envisagée.

Et cette hypothèse était d'accord avec ce que savait pertinemment Raoul.

Mais, néanmoins, l'ennemi ne reculait pas devant la solution criminelle. Il s'en remettait à la décision du destin. Si Raoul succombait, tant pis pour lui.

« Je ne succomberai pas, se dit Raoul. L'essentiel c'est que je n'aie pas d'autre attaque à redouter. »

Et, dès le début, son instinct lui faisant prendre la meilleure position possible, il avait tendu toutes ses forces pour plier un peu les genoux, raidir ses bras et gonfler sa poitrine. Il gardait ainsi une certaine liberté de mouvements et la place de respirer. D'autre part, il se rendait compte exactement de l'endroit où il se trouvait. Plusieurs fois, en effet, se glissant sous les débris de la serre, en quête des refuges où l'homme au chapeau pouvait se cacher, il avait remarqué ce vide situé non loin de l'entrée d'autrefois.

Donc deux espoirs de salut, par en haut à travers les briques, les cailloux, le sable et toute la ferraille écroulée; par en bas, sur le sol même où jadis était bâtie la serre. Mais pour tenter l'évasion, il fallait se mouvoir. Et c'était là, peut-être, l'insurmontable difficulté, les cordes étant nouées de telle manière qu'au moindre effort, elles resserraient leur étreinte.

Cependant, il s'ingénia par tous les moyens à se retourner et à se faire de la place. En même temps, le cours de ses idées se poursuivait. Il imaginait toutes les phases de l'embuscade, la surveillance exercée sur tous ses actes, la façon dont il avait été repéré au faîte du mur, sous les branches de l'arbre, et la façon habile dont l'adversaire l'avait attiré dans le piège.

Chose curieuse, malgré la couverture qui l'enveloppait, et malgré le rempart que dressait autour de lui la masse accumulée, il entendait, non pas confusément, mais avec une incroyable netteté, les bruits du dehors, ou du moins tous ceux qui s'élevaient du côté de la Seine et de ce côté seulement. Ils étaient amenés, sans aucun doute, par quelque interstice qui restait ouvert entre les décombres, le long du sol, et qui formait, dans la direction de la Seine, une sorte de conduit de cheminée presque horizontale.

Ainsi, des sirènes de bateau mugirent sur le fleuve. Des trompes d'auto retentirent sur la route. L'église de Radicatel sonna onze fois, et le dernier coup n'avait pas frappé qu'il perçut les premiers ronflements d'un moteur que l'on mettait en marche et qui était le sien. Il le reconnaissait. Il l'eût reconnu entre mille.

Et ce fut bien son moteur qui partit, qui tourna dans le village, qui prit la grande route, et qui, à une allure croissante, s'en alla vers Lillebonne.

Mais Lillebonne, était-ce le but? L'ennemi, car ce ne pouvait être que lui, ne continuait-il pas jusqu'à Rouen, jusqu'à Paris? Et pour quoi faire?

Un peu las depuis son dur travail de libération, il se reposa et réfléchit. Au fond, la situation se présentait ainsi : le lendemain, 11 septembre, à dix heures et demie du matin, il devait venir au manoir et emmener Catherine et Bertrande. Donc, jusqu'à dix heures et demie et jusqu'à onze heures, rien d'anormal. Catherine et Bertrande ne s'inquiéteraient pas, ne le chercheraient pas. Mais après? Au cours de la journée, est-ce que sa disparition, sa disparition à lui, si évidente, ne provoquerait pas des investigations qui pourraient le sauver?

En tout cas, l'ennemi devait prévoir que les deux jeunes femmes resteraient à la Barre-y-va et attendraient. Or, cela, c'était l'échec de toute la combinaison, puisque le projet de l'ennemi supposait une liberté absolue d'action. En fin de compte, il fallait que, l'une et l'autre, elles partissent. Le moyen? un seul. Les appeler à Paris. Une lettre, on reconnaît l'écriture. Donc, un télégramme... un télégramme, signé Raoul, leur disant qu'il a dû soudainement s'en aller, et leur prescrivant de prendre le train dès le reçu de la dépêche.

« Et comment n'obéiraient-elles pas? pensait Raoul. L'injonction leur paraîtrait tellement logique! Et puis, pour rien au monde, elles ne resteraient à la Barre-y-va sans ma protection. »

Il travailla une partie de la nuit, dormit assez longtemps, bien qu'il eût un certain mal à respirer, et se remit à l'œuvre. Sans en avoir la certitude, il croyait bien avancer du côté de l'issue, car les bruits de l'extérieur lui arrivaient avec plus de netteté encore. Mais de combien de centimètres se composait cette avance, obtenue au prix de tant de peine et par de menus mouvements du corps?

Quant à ses liens, ils ne bougeaient pas. Seules les cordes fixées à des points d'attache, comme des amarres, se relâchaient peut-être un peu.

Vers six heures du matin, il crut reconnaître le ronflement familier de son auto. Erreur sans doute. Le bruit s'arrêta bien avant Radicatel. D'ailleurs, pourquoi l'ennemi aurait-il ramené cette voiture dont la présence aurait compromis l'effet du télégramme?

La matinée se passa. A midi, bien qu'il n'eût perçu le roulement d'aucun véhicule, il supposa que les deux sœurs avaient quitté Radicatel dès le reçu de la dépêche, pour aller prendre le train à Lillebonne.

Contrairement à ses prévisions, vers une heure, l'horloge de l'église continuant à le renseigner régulièrement, il entendit une voix qui criait, non loin de lui :

« Raoul! Raoul! »

C'était la voix de Catherine.

Et la voix de Bertrande cria également :

« Raoul ! Raoul ! »

Il hurla leurs deux noms à son tour. Rien.

D'autres appels furent lancés par les deux jeunes femmes, mais ils s'éloignaient.

Et, de nouveau, le silence.

XII

LA REVANCHE

« JE me suis trompé, pensa Raoul. Elles n'ont pas reçu de télégramme les priant de venir à Paris, près de moi, et, surprises par ma disparition, elles me cherchent. »

Tout de suite il eut l'idée que leurs investigations ne seraient pas vaines et que Béchoux, particulièrement, spécialiste en la matière, aboutirait aisément. Le domaine, somme toute, était de proportions restreintes, et les cachettes où l'on avait pu l'enfouir – en supposant qu'on le crût mort ou blessé – n'étaient pas si nombreuses. Les roches du défilé, la Butte-aux-Romains, les ruines de la serre, deux ou trois autres endroits peut-être qu'ils connaissaient tous, et qu'il avait inspectés souvent avec Béchoux, en dehors de cela, de la rivière, du pavillon de chasse et du manoir, où aurait-on pu dissimuler un cadavre?

Mais les heures passaient, et l'espoir de Raoul diminuait.

« Béchoux, se disait-il, n'est pas en forme actuellement. Quelque acharnement qu'il mette à me retrouver, l'amour lui enlève une partie de ses moyens. Et puis sans doute s'égare-t-il avec les deux jeunes femmes et les deux domestiques, hors du jardin, vers les collines proches, vers le petit bois, vers la Seine... Et puis... et puis... qui sait? ils ne se sont peut-être pas arrêtés à l'hypothèse d'un crime. Ils peuvent croire que je suis parti pour des raisons impérieuses, sans avoir eu le temps de les avertir, et que j'effectue une expédition préalable... Et ils m'attendent! »

De fait, la journée s'acheva sans nouveaux appels. Aucun bruit ne lui parvint que des bruits de bateaux ou d'automobiles.

Les heures aussi continuaient à sonner. Et lorsque, le soir, sonna la dixième heure, il se dit que Catherine et Bertrande n'étaient plus protégées par lui, et que, avec la nuit qui commençait, elles devaient tressaillir de peur.

Il redoubla d'efforts. Ses cordes le serraient avec moins de rigueur, et les points d'attache avaient fini par céder, de sorte qu'il lui était possible d'évoluer plus vite vers l'issue qu'il imaginait. Il respirait mieux, à travers l'étoffe assez lâche de la couverture. Mais la faim, sans toutefois le faire souffrir, rendait sa besogne plus âpre et moins efficace.

Il s'endormit. Sommeil fiévreux, coupé de cauchemars qui le réveillaient en sursaut... et sommeil auquel il s'arracha tout à coup en criant d'angoisse, sans savoir pourquoi.

« Eh! eh! dit-il à haute voix, afin de se remettre en équilibre, est-ce que mon cerveau va chavirer pour deux malheureux jours de fatigue et de diète? »

Sept heures sonnaient. C'était le matin du 12 septembre, le premier des jours fatidiques annoncés par lui. Tout laissait prévoir maintenant que l'ennemi gagnerait la bataille.

Cette idée le fouetta d'une énergie où il y avait de la rage et de l'exaspération. La bataille gagnée par l'autre, c'était la défaite et la ruine des sœurs, le grand secret dérobé, l'impunité du coupable... et c'était sa mort à lui. S'il voulait ne pas mourir et vaincre, il fallait soulever la pierre du tombeau, et s'échapper.

Il avait conscience, à l'air plus vif qu'il respirait, que

l'issue n'était pas loin. Une fois dehors, il appellerait, on viendrait, il serait sauvé.

Il donna l'effort suprême. Peut-être allait-il passer, lorsque soudain il eut l'impression qu'il se produisait autour de lui comme un cataclysme. Tout le monticule où, avec sa tête, avec ses épaules, avec ses coudes, ses genoux et ses pieds, il creusait sa taupinière, s'effondra. Étaient-ce ses manœuvres qui avaient provoqué la débâcle? Était-ce l'ennemi qui, surveillant et constatant les progrès du cheminement vers l'issue, avait démoli d'un coup de pioche l'édifice fragile? Toujours est-il que Raoul se sentit écrasé de toutes parts, étouffé, perdu.

Il résista. Il s'arc-bouta de nouveau. Il retint son souffle. Il épargna l'air qui lui restait. Mais c'est à peine s'il pouvait soulever sa poitrine et respirer sous le poids qui l'oppressait.

Il pensa encore :

« J'en ai pour quinze minutes... Si, dans quinze minutes... »

Il compta les secondes. Mais bientôt ses tempes se mirent à battre, ses idées tourbillonnèrent dans le délire, il ne sut pas ce qui se passait.

Il se retrouva sur son lit, dans l'ancienne chambre qu'il occupait au manoir. Quand il ouvrit les yeux, il constata qu'il était tout habillé, que Catherine et Bertrande le regardaient anxieusement, et que la pendule marquait sept heures trois quarts. Il chuchota :

« Quinze minutes... pas davantage, hein? Sans quoi... »

Il entendit la voix de Béchoux qui ordonnait :

« Vite, Arnold, courez au pavillon et rapportez sa valise. Charlotte, une tasse de thé et des biscottes, et au galop, n'est-ce pas? »

Et, revenant au lit, Béchoux lui dit :

« Il faut manger, mon vieux... Pas trop... mais il le

faut... Ah! sacrebleu, tu nous en as fait une frousse! Qu'est-ce qu'il t'est donc arrivé? »

Catherine et Bertrande, le visage décomposé, pleuraient. Chacune d'elles prit une de ses mains.

Bertrande murmura :

« Ne répondez pas... ne parlez pas... Vous devez être à bout de forces. Ah! ce que nous avons eu peur! Nous ne comprenions pas votre disparition. Dites-nous... Mais, non, ne dites rien... reposez-vous... »

Elles se turent. Mais elles étaient l'une et l'autre dans un tel état de surexcitation qu'elles posaient de nouvelles questions, auxquelles, sur-le-champ, elles lui défendaient de répondre. Il en était de même de Béchoux, que les dangers courus par Raoul semblaient avoir complètement désorganisé. Il jetait des paroles incohérentes, et s'interrompait pour crier des ordres absurdes.

Lorsque Raoul eut bu sa tasse de thé et mangé ses biscottes, un peu réconforté, il murmura :

« On vous a envoyé un télégramme de Paris, n'est-ce pas?

– Oui, fit Béchoux, tu nous demandais de te rejoindre par le premier train. Rendez-vous chez toi.

– Et pourquoi n'êtes-vous pas venus?

– Moi, je voulais. *Elles* n'ont pas voulu.

– Pourquoi?

– Elles se sont défiées, dit Béchoux. Elles ne croyaient pas que tu aies pu les quitter comme ça. Alors, nous avons cherché... surtout dehors, dans le bois. Et puis on était désorienté. N'étais-tu pas parti? On ne savait pas. Et les heures filaient. On ne dormait plus.

– Tu n'as pas prévenu la gendarmerie?

– Non.

– A la bonne heure. Et comment m'a-t-on trouvé?

– C'est Charlotte. Ce matin, elle a crié dans la maison : « Ça remue du côté de l'ancienne serre... j'ai

« vu de ma fenêtre. » Alors on a couru... on a pratiqué une ouverture... »

Raoul dit tout bas :

« Merci, Charlotte. »

Puis, comme on lui demandait ses projets, il articula d'une voix plus ferme :

« Dormir d'abord et puis partir... Nous irons au Havre... quelques jours... L'air de la mer me remettra. »

On le laissa. Les volets furent clos, les portes fermées. Il s'endormit.

Quand il sonna, vers deux heures de l'après-midi, et que Bertrande entra dans la pièce, elle le trouva étendu sur un fauteuil, la mine meilleure, le visage rasé, habillé de vêtements propres. Elle le contempla un instant avec des yeux ravis, puis alla vers lui, et, très simplement, l'embrassa sur le front. Puis elle embrassa ses mains, et des larmes se mêlèrent à ses baisers.

Charlotte les servit tous dans la chambre de Raoul. Il mangea peu. Il semblait très las, et il avait hâte de quitter le manoir, comme si les souvenirs de ses souffrances l'obsédaient.

Béchoux dut le soutenir, presque le porter dans l'auto. On l'installa au fond. Béchoux se mit au volant et conduisit tant bien que mal. Arnold et Charlotte devaient prendre le train du soir pour Paris.

Au Havre, Raoul ne voulut pas, pour des raisons qu'il ne formulait point, que l'on descendît les valises, et qu'on s'installât dans un hôtel. Il se fit mener sur la plage de Sainte-Adresse et s'étendit sur le sable, où il resta toute la journée, sans mot dire, respirant à pleins poumons le vent plus frais qui s'élevait peu à peu.

Ainsi le soleil se coucha parmi les longs nuages roses alignés tout au long du ciel, et, quand la dernière flamme se fut éteinte à l'horizon, les deux sœurs et Béchoux assistèrent au spectacle le plus inattendu. Raoul d'Avenac se dressa tout à coup sur le coin de plage désert où ils se trouvaient tous quatre, et se mit à danser une danse échevelée, composée des pas et des gestes les plus hétéroclites, et accompagnée de petits cris aigus, pareils à ceux des mouettes qui se balançaient au-dessus de l'eau.

« Eh bien, quoi, tu es fou ! » s'exclama Béchoux.

Raoul l'empoigna par la taille, le fit tourbillonner, puis le souleva du sol, et l'allongea sur ses bras tendus en l'air.

Catherine et Bertrande riaient et s'ébahissaient. D'où lui venait cette force subite, à lui qui semblait, depuis le matin, exténué par la dure épreuve?

« Alors, dit-il en les entraînant, vous vous imaginiez que j'allais croupir dans le coma durant des jours et des jours? Finie, la débâcle. Elle était même finie au manoir, après ma tasse de thé et mes deux heures de sommeil. Fichtre ! si vous croyez, mes jolies amies, que je vais perdre mon temps à jouer les jeunes accouchées. A l'œuvre ! Et d'abord mangeons. J'ai une de ces faims ! »

Il les mena tous trois dans une taverne réputée où il fit un repas à la Gargantua, et jamais elles ne l'avaient vu si plein de verve et d'esprit. Béchoux lui-même en était confondu.

« Tu as rajeuni dans ta tombe ! s'écria-t-il.

– Faut bien compenser ton ramollissement, mon vieux Béchoux, dit Raoul. Vrai, durant toute cette crise, tu as été pitoyable. C'est comme pour conduire l'auto, quelle mazette tu fais ! Tantôt, je tremblais de peur. Tiens, veux-tu que je te donne une leçon? »

La nuit était venue quand ils remontèrent en voiture. Cette fois, Raoul prit le volant, et fit asseoir Béchoux près de lui, les deux sœurs au fond.

« Et surtout, dit-il, qu'on ne s'effraie pas ! J'ai besoin de me dégourdir, et plus on avancera, mieux ça vaudra. »

De fait, l'auto parut bondir, et tout de suite s'élança sur les rues pavées et sur la route qui mène à Harfleur. Une longue côte s'aplanit devant eux, et ce fut sur le plateau cauchois une trombe qui passa. On traversa le bourg de Saint-Romain et l'on prit la route de Lillebonne.

Parfois Raoul lançait un chant de triomphe ou apostrophait Béchoux.

« Hein, mon vieux, ça t'épate? Pour un moribond je ne vais pas mal. Voilà, Béchoux, comment conduit un gentilhomme. Mais peut-être as-tu la frousse? Catherine! Bertrande! Béchoux a la frousse. Préférable de stopper, en ce cas, qu'en dites-vous? »

Il tourna sur la droite, avant que l'on s'engageât dans la longue descente de Lillebonne, et se dirigea vers une église dont le clocher jaillissait sous la lune et au milieu des nuages.

« Saint-Jean-de-Folleville... vous connaissez ce village, hein, Bertrande et Catherine? Vingt minutes à pied de la Barre-y-va. J'ai préféré surgir par en haut, pour qu'on ne nous entende pas venir par la route de la Seine.

– Qui, on? demanda Béchoux.

– Tu vas le voir, bouffi. »

Il rangea sa voiture le long d'un talus de ferme, et ils suivirent le chemin vicinal qui dessert le château et le hameau de Basmes, le bois de la mère Vauchel et le vallon de Radicatel. Ils marchaient doucement, avec précaution. Le vent soufflait, et des nuages peu épais voilaient la lune.

Ils arrivèrent ainsi tout en haut de l'enceinte, non loin des ronces où Raoul, l'avant-veille, avait couché l'échelle. L'ayant retrouvée, il la dressa contre le mur, monta et observa le parc. Puis il appela ses compagnons.

« Ils sont deux qui travaillent, leur dit-il à voix basse. Je n'en suis pas trop surpris. »

Les autres montèrent, tour à tour, avides de voir, et passèrent la tête.

Deux ombres, en effet, étaient debout, de chaque côté

de la rivière, à hauteur du pigeonnier, l'une dans l'île, l'autre sur la berge du parc. Elles ne bougeaient pas, et ne semblaient pas se cacher. Que faisaient-elles? à quelle besogne mystérieuse se livraient-elles?

Une brume légère reliant les nuages, on ne pouvait reconnaître les deux êtres, si tant est qu'on les connût déjà. Leurs silhouettes paraissaient de plus en plus courbées au-dessus de la rivière. Ils devaient y plonger leurs regards et surveiller quelque chose. Cependant ils n'avaient aucune lanterne qui pût les aider dans leur tâche. On eût dit deux braconniers à l'affût, ou qui tendaient des pièges.

Raoul remporta l'échelle jusqu'à la maison de Béchoux. Ensuite, ils se rendirent au manoir. Deux chaînes à cadenas renforçaient la fermeture de la serrure. Il avait fait faire le double de toutes les clefs, et il possédait de même la clef qui ouvrait la porte de la maison par derrière. Ils marchaient avec précaution, mais il n'y avait aucun danger que les autres, qui opéraient dans le parc, en avant du manoir, pussent les entendre. Une lampe de poche très faible les éclairait.

Raoul entra dans le billard et prit, au milieu d'une panoplie de vieilles armes hors d'usage, un fusil placé là d'avance.

« Il est chargé, dit-il. Avoue, Béchoux, que la cachette est bonne, et que tu ne t'en doutais pas.

– Vous n'allez pas les tuer, murmura Catherine, qui s'effarait.

– Non, mais je vais tirer.

– Oh! je vous en supplie. »

Il éteignit sa lampe de poche et, tout doucement, ouvrit une des croisées de la fenêtre, et poussa l'un des volets.

Le ciel était de plus en plus gris. Cependant, là-bas, à soixante ou quatre-vingts mètres environ, on voyait toujours les deux ombres immobiles, pareilles à des statues. Le vent croissait en force.

Quelques minutes s'écoulèrent. Une des ombres fit un geste lent. L'autre, qui était dans l'île, se courba davantage au-dessus de la rivière.

Raoul épaula.

Catherine, éplorée, supplia :

« Je vous en prie... je vous en prie...

– Que voulez-vous que je fasse? demanda-t-il.

– Courir sur eux et les saisir.

– Et s'ils s'enfuient? S'ils nous échappent?

– Impossible.

– Je préfère une certitude. »

Il visa.

Le cœur des deux jeunes femmes se crispa. Elles eussent voulu que l'acte terrible fût accompli déjà, et elles redoutaient d'entendre l'explosion.

Dans l'île, l'ombre s'inclina davantage encore, puis s'éloigna. Était-ce le signal du départ?

Coup sur coup, il y eut deux détonations. Raoul avait tiré. Et là-bas, les deux êtres roulèrent sur l'herbe, avec des gémissements.

« Ne bougez pas d'ici, enjoignit Raoul à Bertrande et à Catherine... Ne bougez pas! »

Et, comme elles insistaient pour le suivre :

« Non, non, dit-il, on ne sait jamais comment ces bougres-là peuvent réagir. Attendez-nous et préparez ce qu'il faut pour les soigner. D'ailleurs ce n'est pas bien grave. Je leur ai tiré aux jambes, avec du menu plomb. Béchoux, tu trouveras dans le coffre du vestibule des courroies de cuir et deux cordes. »

Lui-même, en passant, il se saisit d'un fauteuil transatlantique qui pouvait servir de brancard, et il alla, sans se presser, vers la rivière, sur les bords de laquelle les deux blessés, gisaient, inertes.

Sur son ordre, Béchoux tenait un revolver au poing, et Raoul dit à celui des adversaires qui était le plus proche :

« Pas de sale coup, hein, camarade! A la moindre tentative, le brigadier t'achève comme une bête puante. Du reste, à quoi cela te servirait-il de rouspéter? »

Il s'agenouilla, lança un jet de lumière et ricana :

« Je me doutais bien que c'était toi, monsieur Arnold. Mais tu manœuvrais si habilement que mes soupçons se dissipaient toujours et que ma conviction ne date que de ce matin. Et alors, qu'est-ce que tu faisais là mon vieux? Tu pêchais de la poudre d'or dans la rivière? Tu vas t'expliquer là-dessus, hein? Béchoux, fixe-moi ce client sur le brancard. Deux courroies aux poignets, ça suffira. Et puis, de la douceur, n'est-ce pas? Il a du plomb dans l'aile, ou plutôt dans les fesses. »

Ils le portèrent avec précaution dans le salon principal où les deux jeunes femmes avaient allumé les lampes, et Raoul leur dit :

« Voilà le colis numéro un, M. Arnold. Mon Dieu, oui... le domestique, le fidèle domestique du grand-père Montessieux, son homme de confiance. Vous ne vous attendiez pas à celle-là, hein? Au numéro deux, maintenant. »

Dix minutes plus tard, Raoul et Béchoux cueillaient le complice qui avait réussi à se traîner jusqu'au pigeonnier et dont la voix larmoyante bégayait :

« C'est moi... oui, c'est moi... Charlotte... Mais je n'y suis pour rien... je n'ai rien fait.

– Charlotte, s'écria Raoul, en pouffant de rire. Comment, c'est la jolie cuisinière, en salopette et en pantalon de toile! Dis donc, Béchoux, mes félicitations... Elle est charmante ainsi, ta bien-aimée! Mais tout de même, Charlotte, la complice de M. Arnold! Celle-là est raide, et je n'y avais pas pensé. Ma pauvre Charlotte, je ne vous ai pas trop salé la partie la plus charnue de votre confortable personne? Tu la soigneras, hein, Béchoux? Oh! quelques compresses rafraîchissantes, délicatement posées, et souvent renouvelées... »

Raoul inspecta les bords de la rivière et ramassa une longue bande de toile fine, composée de deux draps cousus bout à bout, et qui traînait d'une berge à l'autre en trempant dans l'eau.

Un large pli formait poche à la partie inférieure.

« Ah! ah! s'exclama-t-il gaiement. Voilà donc notre filet de pêche! A nous les poissons d'or, Béchoux! »

XIII

LE RÉQUISITOIRE

Les deux captifs s'allongeaient sur deux canapés du salon. M. Arnold, touché assez durement à la cuisse, exhalait des plaintes sourdes. Charlotte souffrait moins, quelques plombs seulement lui ayant cinglé le mollet.

Bertrande et Catherine les contemplaient avec stupeur. Elles n'en croyaient pas leurs yeux. Arnold et Charlotte, deux serviteurs dont l'attachement leur avait toujours paru sans limites, deux confidents, deux amis presque... c'étaient eux les coupables? Ils avaient machiné toute la sombre aventure? Ils avaient trahi, volé, tué?

Béchoux, lui, montrait un visage décomposé et gardait l'attitude accablée d'un monsieur sur qui se sont appesantis les pires malheurs. Il se pencha sur la cuisinière et lui parla tout bas, avec des gestes où il y avait de la menace, des reproches et du désespoir.

Elle haussa les épaules et sembla lui répondre par une insulte dédaigneuse qui le mit hors de lui. Raoul le calma.

« Défais ses liens, mon vieux Béchoux. Ta pauvre amie n'a pas l'air à son aise. »

Béchoux défit les deux courroies qui serraient les poignets. Mais, aussitôt libérée, Charlotte tomba à genoux devant Bertrande et recommença ses lamentations.

« Je n'y suis pour rien, madame. Que madame me

pardonne!... Madame sait bien que c'est moi qui ai sauvé M. d'Avenac... »

Béchoux se redressa brusquement. Dans son désarroi, l'argument lui semblait irréfutable et le soulevait d'une force imprévue.

« Mais c'est vrai! De quel droit vient-on nous dire que Charlotte est coupable? Et puis, coupable de quoi? Car, après tout, quelles preuves a-t-on contre elle? et quelles preuves aussi a-t-on contre Arnold? Ou plutôt, quelles charges? De quoi les accuse-t-on? »

Béchoux, comme on dit, reprenait du poil de la bête, à mesure qu'il pérorait. Il s'excitait, provoquait, gagnait du terrain, et, tourné vers Raoul, attaquait son adversaire en face.

« Oui, je te le demande, de quoi l'accuses-tu, cette malheureuse? De quoi même accuses-tu Arnold? Tu les as surpris au bord de l'eau, à la Barre-y-va, tandis qu'ils devaient être dans le train de Paris... Et après? S'ils ont préféré retarder leur départ d'un jour, est-ce un crime? »

Bertrande hochait la tête, impressionnée par la logique de Béchoux, et Catherine murmura :

« J'ai toujours connu Arnold... Grand-père avait toute confiance en lui... Comment imaginer que cet homme-là ait pu tuer le mari de Bertrande, c'est-à-dire de la fille même de grand-père? Et pourquoi aurait-il agi ainsi? »

Raoul prononça le plus tranquillement du monde :

« Je n'ai jamais prétendu qu'il eût tué M. Guercin.

– Alors?

– Alors, expliquons-nous, dit Raoul avec décision. L'affaire est obscure, compliquée, débrouillons-la ensemble. J'ai idée que M. Arnold nous y aidera. N'est-ce pas, monsieur Arnold? »

Le domestique, délivré de ses entraves par Béchoux, se tenait assis, tant bien que mal, sur un fauteuil. Son visage, d'ordinaire indifférent et qui cherchait plutôt à passer inaperçu, montrait maintenant une expression de défi et d'arrogance qui devait être la véritable.

Il répliqua :

« Je ne crains rien.

– Pas même la police?

– Pas même la police.

– Si on te livrait?

– Vous ne me livrerez pas.

– C'est une sorte d'aveu que tu fais!

– Je n'avoue rien. Je ne nie rien. Je me moque de vous et de tout ce que vous pourrez dire.

– Et vous, sympathique Charlotte? »

La cuisinière semblait avoir recouvré quelque courage en écoutant le sieur Arnold. Elle répliqua fortement :

« Moi non plus, monsieur, je ne crains rien.

– Parfait. Vos positions sont prises. Nous allons voir si elles correspondent à la réalité. Ce sera vite fait. »

Et Raoul, tout en se promenant les mains au dos, commença :

« Ce sera vite fait, quoique nous soyons obligés de reprendre l'affaire à son début. Mais je me contenterai d'un simple résumé qui donnera aux événements leur place chronologique et leur valeur naturelle. Il y a sept ans, c'est-à-dire cinq ans avant sa mort, M. Montessieux engagea comme valet de chambre, M. Arnold, âgé de quarante ans à cette époque, et qui lui avait été recommandé par un de ses fournisseurs, lequel s'est pendu depuis, à la suite de spéculations assez louches. Arnold, intelligent, adroit, ambitieux, dut se rendre compte assez vite qu'il y aurait quelque chose à faire, un jour ou l'autre, chez un vieillard aussi mystérieux et aussi original que son patron. Il le soigna, se plia aisément à ses habitudes et à ses manies, obtint sa confiance, devint son serviteur, son garçon de laboratoire et son factotum, bref, se fit indispensable. Je retrace cette période d'après ce que vous m'avez raconté, Catherine, et vous me l'avez raconté sans trop savoir que je vous interrogeais, et au hasard de vos souvenirs. Or, ces souvenirs évoquaient souvent une certaine part de méfiance que votre grand-père gardait toujours, même avec Arnold, et même avec vous, qui étiez pourtant sa préférée, et qui ne pouviez pas songer qu'il avait des secrets et qu'il serait peut-être utile de connaître ces secrets. »

Raoul s'interrompit, constata l'attention profonde que lui prêtaient ses auditeurs et poursuivit :

« Ces secrets, ou plutôt ce secret, c'était la production de l'or. Nous le savons aujourd'hui. Mais il est de toute certitude que le domestique Arnold le savait à cette époque, puisque M. Montessieux ne s'en cachait pas absolument, et qu'il montra même à son notaire, maître Bernard, le résultat de ses recherches. Ce qu'il cachait, c'était son procédé. Et c'est cela que M. Arnold voulait à tout prix connaître. Secret de fabrication? Il y avait bien le laboratoire établi dans le grenier. Il y avait bien le laboratoire, plus mystérieux, établi dans le sous-sol du pigeonnier, ainsi que vous me l'avez dit, Catherine, et pour lequel M. Montessieux fit amener l'électricité, au moyen de fils que l'on a retrouvés. Mais fabrique-t-on de l'or? Les laboratoires n'étaient-ils pas un trompe-l'œil. Ne servaient-ils pas à d'autres buts, dont le principal était précisément de laisser croire à la fabrication de l'or? Ce sont là des questions que M. Arnold devait se poser, et pour la solution desquelles il épiait son maître obstinément... et vainement aussi.

« Au fond, je suis persuadé qu'à la mort de M. Montessieux, il n'en savait pas plus que je n'en savais, moi, avant la lecture du testament. Et cela se réduisait, somme toute, à supposer, d'après un certain nombre de déductions, qu'il y avait relation entre la présence de l'or à la Barre-y-va et le cours d'une rivière à travers le domaine, et dans la partie de cette rivière qui traverse le domaine. Dès le début, mes yeux se fixèrent sur l'eau limpide de l'Aurelle, et dès le début je notai ce nom de la rivière dont l'étymologie est significative. Aurelle, c'est la rivière de l'or, n'est-ce pas? J'ai donc vécu sur la barque, j'ai pêché sur la berge, tâchant de découvrir quelque parcelle du métal qui eût roulé sur le fond ou flotté entre deux eaux.

« M. Arnold devait agir comme moi durant les vacances que son maître et Catherine prenaient aux approches de Pâques et aux mois d'été. Il poursuivait d'ailleurs son œuvre tout en exécutant de fructueux coups de main dans la région où l'on avait fini par le désigner sous le nom de l'homme au grand chapeau. Je suis convaincu, Béchoux, que, si l'on cherchait les dates de ces exploits, dont je ne t'avais pas encore parlé, je crois, elles correspondraient aux séjours d'Arnold à la Barre-y-va.

« Et puis survint la mort de M. Montessieux, que suivit le vol du testament, vol dont j'aurais tendance à attribuer la responsabilité à M. Arnold. C'est lui qui dut prévenir M. Guercin, offrir ses services, révéler certains détails relatifs à son maître, et finalement proposer un plan d'action. Résultat : M. Guercin se rend à la Barre-y-va et organise avec le bûcheron Vauchel la transplantation des trois saules. Désormais la rivière fait partie du lot dont, un jour ou l'autre, héritera Mme Guercin.

« Tout se combine ainsi entre les deux hommes, lentement, car il leur manque les éléments de la vérité. La rivière est bien au centre des opérations futures. L'or est là, quelque part. Mais comment résoudre le problème sans les explications qu'a promises M. Montessieux et qu'Arnold et M. Guercin ne réussissent pas à découvrir?

« Un seul renseignement... si c'en est un, et s'il se rapporte à l'affaire : la série de chiffres tracés à la fin du testament par M. Montessieux. C'est peu, et il est à présumer que M. Guercin n'en a jamais trouvé la signification, et que même il n'y a jamais attaché d'importance. Cependant il faut agir. Le mariage éventuel de Catherine précipite les choses. Les deux sœurs décident de s'installer ici. Tant mieux ! Arnold sera sur place. Il correspond avec M. Guercin. Celui-ci arrive, soudoie le clerc de notaire, Fameron, fait en sorte de donner sa valeur au testament en l'introduisant dans le dossier Montessieux, commence ses investigations dans le parc...

– Et meurt assassiné par le domestique Arnold ! » s'écria ironiquement Béchoux, lançant la même objection qu'il avait déjà lancée lors d'un premier débat.

Et Béchoux ajouta :

« Par le domestique Arnold, qui était sur le seuil de la cuisine quand le meurtre fut commis, et qui me suivit lorsque je m'élançai vers le pigeonnier sur le seuil duquel on avait tiré un coup de revolver !

– Tu te répètes, Béchoux, dit Raoul. Et moi, je me répéterai en te répondant que le domestique Arnold n'a pas tué M. Guercin.

– En ce cas, montre-nous le coupable. Ou bien c'est Arnold – et tu affirmes que non – ou bien c'est un autre et tu n'as pas le droit d'accuser Arnold d'un crime qu'il n'a pas commis.

– Il n'y a pas eu de crime.

– M. Guercin n'a pas été assassiné?

– Non.

– De quoi est-il mort? D'un rhume de cerveau?

– Il est mort par suite d'une série de hasards funestes déclenchés par M. Montessieux.

– Allons bon, voilà que le coupable serait M. Montessieux, lequel n'existait plus depuis près de deux ans.

– M. Montessieux était un maniaque et un illuminé, et c'est là toute l'explication. Maître de l'or, il n'admettait pas qu'un autre pût s'emparer de ce qu'il avait tant cherché et de ce qu'il avait enfin découvert. Figure-toi qu'un avare ait entassé dans le sous-sol du pigeonnier un trésor inestimable et que M. Montessieux pouvait croire inépuisable; ne penses-tu pas que cet avare accumulerait les précautions pour défendre son bien durant son absence? Or, les dernières années de sa vie, M. Montessieux ne pouvait plus supporter l'hiver assez rude des bords de la Seine, et, pendant l'été qui précéda sa mort, il profita des fils électriques que le fils Vauchel avait posés dans son laboratoire souterrain pour installer seul, en grand secret, un système capable de défendre automatiquement, mécaniquement, l'entrée du pigeonnier. Il suffisait qu'un intrus tentât d'ouvrir la porte pour qu'un revolver placé à hauteur d'homme fît feu sur lui et l'atteignît en pleine poitrine. C'était mathématique, inéluctable. Son chef-d'œuvre achevé, M. Montessieux, pour plus de sûreté, fit mettre, de chaque côté du pont vermoulu, une pancarte avec cette inscription : « A réparer. Passage dange- « reux. » Puis, ainsi qu'à la fin de chaque mois de septembre, il ferma la maison, emporta les clefs et partit pour Paris avec Arnold et avec Catherine. Le soir même il mourait d'une congestion.

« Je ne doute pas que sa volonté ne fût de laisser des instructions pour que, en cas de décès, nul n'essayât de pénétrer dans le pigeonnier, sans avoir bloqué le système. Mais il n'en eut pas le temps, pas plus qu'il n'eut le temps de révéler le secret de l'or. Vingt mois se passèrent. Un hasard voulut que personne n'essayât d'ouvrir le pigeonnier, personne n'osant évidemment s'aventurer sur le pont vermoulu de l'île. Un autre hasard voulut que l'humidité ne détériorât ni les fils électriques ni les balles du revolver. Bref, lorsque M. Guercin, ayant appris que Catherine traversait fréquemment le pont, s'y risqua à son tour, s'approcha du pigeonnier, et ouvrit, il reçut la balle en pleine poitrine. Et c'est ainsi qu'il ne fut pas assassiné, mais qu'il mourut victime du hasard. »

Les deux sœurs écoutaient Raoul avec une attention passionnée, et la conviction manifeste qu'il ne se trompait pas. Béchoux demeurait renfrogné. Le domestique, penché en avant, ne quittait pas des yeux Raoul d'Avenac.

Celui-ci reprit :

« Arnold connaissait-il le piège tendu? D'après ce que je sais, il n'allait jamais dans l'île. Méfiance raisonnée? Abstention fortuite? Je n'en sais rien. Toujours est-il qu'après la mort de M. Guercin, il restait le seul chef du complot destiné à capter les trésors de M. Montessieux. La justice représentée par le juge d'instruction ne comprenait rien à l'affaire, et, pas davantage la police représentée par le brigadier Béchoux, lequel en toutes ces circonstances, je dois le dire, se montra d'une insuffisance déplorable... »

Béchoux interrompit, en haussant les épaules :

« Tu prétendrais avoir deviné cela sur l'heure, toi?

– A la minute même. Du moment qu'il n'y avait personne pour commettre le crime, c'est qu'il s'était commis tout seul. De là à comprendre la situation, il n'y avait qu'un pas. Et je l'ai franchi aussitôt en examinant les fils électriques et le revolver. Donc, pour en revenir à M. Arnold, il était libre d'agir à sa guise, tout en parant aux périls qui pouvaient survenir. Ainsi Dominique Vauchel, qui avait travaillé avec M. Montessieux, savait certaines choses et devait en avoir deviné certaines autres. Bien que peu loquace, il avait parlé à sa mère, et la vieille folle bavardait à tort et à travers sur les trois « chaules » et sur les dangers courus par Catherine. Il fallait donc veiller au grain.

– Et c'est pourquoi, ricana Béchoux, Arnold a commencé par se débarrasser de Dominique Vauchel, puis de la mère Vauchel. »

Raoul frappa du pied et prononça d'une voix forte :

« Eh bien, non, c'est ce qui te trompe, Arnold n'est pas un assassin.

— Cependant, puisque Dominique Vauchel et sa mère ont été tués.

— Il n'a tué ni l'un ni l'autre, dit Raoul avec le même emportement. Arnold n'a tué personne, si on appelle tuer commettre un crime avec préméditation. »

Béchoux s'obstina :

« Pourtant, c'est le jour même où Catherine Montessieux avait pris rendez-vous avec Dominique Vauchel — et quelqu'un qui était caché, Arnold ou un autre, a entendu ce rendez-vous — c'est ce jour-là que Dominique Vauchel a été écrasé sous un arbre.

— Et après? N'est-ce pas un accident tout naturel?

— Donc coïncidence?

— Oui.

— L'hésitation du médecin?

— Erreur.

— La massue trouvée?

— Écoute-moi, Théodore, dit Raoul d'une voix plus posée. Après tout, tu n'es pas aussi crétin que tu veux bien le laisser croire, et tu saisiras la valeur de mon raisonnement. La mort de Dominique Vauchel a précédé celle de M. Guercin, mais elle fut l'un de ces incidents qui, avec la transplantation des trois saules et avec la prédiction de la mère Vauchel, ont effrayé le plus Catherine Montessieux. Je suppose que, à cette époque, il s'est produit dans l'esprit de M. Guercin et d'Arnold une certaine clarté relative au testament ou du moins aux explications qui devaient être ajoutées par M. Montessieux. Peut-être est-ce l'énigme des chiffres inscrits sur le document qu'ils ont résolue. Toujours est-il qu'un autre plan s'est imposé au domestique Arnold, un plan fondé sur cette terreur croissante, que le meurtre de M. Guercin devait porter à son comble, et, tout de suite, le jour même de ce meurtre, la mère Vauchel, devenue tout à fait folle, était enfouie sous les feuilles sans qu'il soit possible d'affirmer la volonté de meurtre. Et, quelque temps après, la pauvre folle tombait de son échelle sans qu'il soit possible d'affirmer autre chose que l'intention de la faire tomber de son échelle.

– Soit, s'écria Béchoux. Mais quel est le plan du domestique Arnold? A quoi veut-il arriver?

– A ce que tout le monde quitte le manoir. Il est venu ici pour prendre de l'or. Mais il s'est aperçu qu'il ne prendra cet or, qu'il ne pourra accomplir l'œuvre nécessaire pour le prendre, que si le manoir est vide et que personne ne puisse le surveiller. Il faut que le manoir soit vide avant une date fixe, qui est le 12 septembre, et, pour obtenir ce résultat, il faut créer ici une atmosphère d'épouvante qui, fatalement, obligera les deux sœurs à partir. Il ne les tuera pas, parce qu'il n'a pas les instincts d'un meurtrier. Mais il les chassera d'ici. Et, un soir, il entre par la fenêtre dans la chambre de Catherine et la prend à la gorge. Attentat, diras-tu. Oui, mais attentat simulé. Il prend à la gorge, mais il ne tue pas. Il en avait le temps. Mais à quoi bon? Ce n'est pas son but. Et il s'enfuit.

– Soit, s'écria Béchoux, toujours prêt à céder, et qui toujours s'insurgeait. Soit. Mais si c'était réellement Arnold que nous avons discerné dans le parc, qui a tiré sur lui, de sa propre chambre, un coup de fusil?

– Charlotte, sa complice! En cas d'alerte, c'était chose convenue entre eux. Arnold fait le mort. Quand nous arrivons, plus personne. Il est remonté chez lui, et nous le rencontrons qui redescend, le fusil à la main.

– Mais par où est-il remonté?

– Il y a trois escaliers, dont un à l'extrémité, et dont il se sert évidemment chaque fois qu'il fait quelque coup, la nuit.

– Mais si c'était réellement lui le coupable, il n'aurait pas été attaqué, et Charlotte non plus!

— Simulation! Il ne faut à aucun prix qu'on les soupçonne. Il démolit une planche du pont, et il en est quitte pour un bain. Une poutre du hangar se détache, le hangar s'écroule, mais Charlotte n'est pas atteinte, bien entendu. Seulement la terreur augmente ici. Les deux sœurs ne veulent plus rester. Et comme elles hésitent, nouvelle agression, un coup de feu tiré, à travers la vitre, sur Bertrande Montessieux, un coup de feu qui ne l'atteint pas, bien entendu. Le manoir est fermé. On s'installe au Havre.

— Arnold et Charlotte également, observa Béchoux.

— Et après? ils demanderont un congé, voilà tout, un congé qui leur permettra d'être au manoir furtivement le 12, le 13 et le 14 septembre. Et j'ai tellement l'intuition, ou plutôt la conviction raisonnée que ces dates gouvernent tout, que, lorsque je vous ramène toutes deux ici, sur la convocation du notaire, il suffit pour avoir la paix que vous annonciez catégoriquement votre départ pour le 10 ou le 11 au plus tard. Dès lors, trois semaines de tranquillité. Le manoir sera vide...

« Cependant la date approche. Arnold a peur. Il a d'autant plus peur que Charlotte doit lui rapporter certaines réserves que Mme Guercin semble faire. Le départ n'est-il pas simulé? Ne reviendra-t-on pas à l'improviste? Je ne suis pas homme à lâcher la partie. Il le sent. Il s'inquiète. Et cette fois il agit avec moins de scrupule. Au moment de gagner la bataille, il ne recule pas devant une attaque plus grave. Et comme il épie mes promenades en barque, un soir, il fait rouler un quartier de roc sur moi... sur moi et sur ses deux patronnes qui m'accompagnent à son insu. Là vraiment, il y a attentat, et si nous échappons, c'est bien par miracle. Mais là guerre est déclarée. Je suis décidément l'ennemi. Il faut me supprimer. Arnold m'épie, ne perd pas un de mes gestes, ne craint pas de se découvrir à moitié en me lançant sur la piste de l'homme au chapeau. Et c'est alors l'agression suprême où il risque le tout pour le tout. Après m'avoir attiré vers les ruines de la serre, il m'y ensevelit. Puis il prend mon auto (car il sait conduire, ce qu'il vous avait caché), file sur Paris et vous envoie, signé de mon nom, un télégramme qui vous prie, toutes les deux, de me rejoindre. Si vous ne vous étiez pas défiées, il restait seul au manoir, comme il le voulait. Dépité, furieux, constatant que je réussis à creuser une galerie par où m'échapper, il fait tomber sur moi tous les décombres. Sans Charlotte, j'étais perdu. »

De nouveau Béchoux se redressa :

« Tu vois bien!... Sans Charlotte, c'est toi-même qui le dis. Donc Charlotte n'est pour rien dans l'affaire.

– Elle est sa complice, de la première heure à la dernière.

– Non, puisqu'elle t'a sauvé.

– Un remords! Jusqu'ici elle acceptait tout d'Arnold, l'approuvait et collaborait à tous ses actes. Au suprême moment, elle n'a pas voulu du crime qui s'accomplissait, ou plutôt elle n'a pas voulu qu'Arnold fût un criminel.

– Mais pourquoi? que lui importait?

– Tu veux le savoir?

– Oui.

– Tu veux savoir pourquoi elle n'a pas voulu qu'Arnold fût un criminel?

– Oui.

– Parce qu'elle l'aime.

– Hein? Que dis-tu? Qu'est-ce que tu oses dire?

– Je dis que Charlotte est la maîtresse d'Arnold. »

Béchoux leva les poings et hurla :

« Tu mens! tu mens! tu mens! »

XIV

DE L'OR

Le domestique Arnold avait suivi l'argumentation de Raoul d'un air de plus en plus passionné. Les mains cramponnées à son fauteuil, le buste à demi soulevé sur les bras, le visage crispé par une attention que les paroles de Raoul semblaient exaspérer de minute en minute, il écoutait sans souffler mot.

« Tu mens! tu mens! continuait de crier Béchoux. Et c'est abominable de couvrir d'insultes une femme qui ne peut te répondre.

– Comment! protesta Raoul, mais il lui est loisible de me donner toutes les réponses qu'elle veut. Je les attends de pied ferme!

– Elle te méprise, et moi aussi. Elle est innocente et Arnold également. Toutes tes histoires sont peut-être justes, et je ne doute pas même qu'elles le soient, mais elles ne s'appliquent ni à l'un ni à l'autre. Tu entends, je m'inscris en faux contre tes accusations, et je les couvre l'un et l'autre de mon autorité et de mon expérience. Ils ne sont pas coupables.

– Bigre! qu'est-ce qu'il te faut?

– Des preuves!

— Une seule te suffirait-elle?

— Oui, si elle est irrécusable.

— L'aveu d'Arnold serait-il une preuve irrécusable?

— Parbleu! »

Raoul s'approcha du domestique et, face à face, les yeux dans les yeux, il lui demanda :

« Tout ce que j'ai dit est vrai, n'est-ce pas? »

Le domestique articula sourdement :

« Du premier jusqu'au dernier mot. »

Et il reprit, du ton stupéfait d'un homme qui ne comprend pas :

« Du premier jusqu'au dernier mot. On croirait que vous avez assisté à tous mes actes depuis deux mois et que vous avez lu toutes mes pensées.

— Tu as raison, Arnold. Ce que je ne vois pas, je le devine. Ta vie m'apparaît telle qu'elle a dû être. Ton présent explique ton passé. Tu as dû faire partie de quelque cirque où tu exerçais le métier d'acrobate, n'est-ce pas?

— Oui, oui, répondit Arnold, dans une sorte de délire où il était comme fasciné par Raoul.

— N'est-ce pas? tu savais étirer, allonger ton corps, de façon à te glisser dans un tonneau trop étroit? Malgré ton âge, tu peux encore, au besoin, monter dans ta chambre par l'extérieur, en t'aidant des tuyaux et des gouttières?

— Oui, oui.

— Alors, je ne me suis pas trompé?

— Non.

— En rien?

— En rien!

— Et tu es l'amant de Charlotte? Et c'est sur ton conseil qu'elle a ensorcelé Béchoux, qu'elle l'a fait venir ici, pour te permettre de travailler à ton aise, sous la protection de la police qu'il représentait?

— Oui... oui...

– Et Charlotte te renseignait sur ce que tes patronnes lui confiaient, c'est-à-dire sur mes projets?

– Oui... oui... »

A mesure que le domestique confirmait les précisions données par Raoul, la colère de Béchoux devenait plus violente. Livide, chancelant, il empoigna le domestique par le collet et, le secouant, bredouilla :

« Je t'arrête... Je te livre au Parquet... tu répondras de tes crimes devant la justice. »

M. Arnold hocha la tête et ricana, ironiquement :

« Non... rien à faire... Me livrer, c'est livrer Charlotte. Et vous ne le voudriez pas. Et ce serait aussi faire du scandale et compromettre Mlle Catherine, Mme Guercin. A cela M. d'Avenac s'y opposera. N'est-ce pas, monsieur d'Avenac, vous qui êtes le chef et à qui Béchoux est forcé d'obéir, n'est-ce pas, vous vous opposerez à toute action contre moi? »

Il semblait défier Raoul et accepter le duel au cas où celui-ci se déciderait à combattre. Raoul ne savait-il pas que Bertrande avait été la complice de son mari et que la moindre révélation porterait un coup terrible à l'affection des deux sœurs! Le livrer à la justice, c'était la honte publique pour Bertrande.

Raoul d'Avenac n'hésita pas. Il affirma :

« Nous sommes d'accord. Il serait absurde de provoquer un scandale. »

M. Arnold insista.

« Par conséquent, je n'ai pas à craindre de représailles?

– Non.

– Je suis libre?

– Tu es libre.

– Et comme, en résumé, j'ai concouru pour une grosse part à une affaire qu'un homme de votre calibre ne tardera pas à réaliser, j'ai droit à un prélévement personnel sur les bénéfices prochains?

– Ah! ça non! fit Raoul en riant de bon cœur. Tu exagères, monsieur Arnold.

– C'est votre avis, ce n'est pas le mien. En tout cas, j'exige. »

Ces deux syllabes furent scandées fortement, et d'une voix qui ne plaisantait pas. Raoul épia le visage obstiné du domestique et s'inquiéta. L'ennemi avait donc en réserve une arme secrète qui l'autorisait à dicter ses conditions jusqu'à un certain point? Il s'inclina sur lui et tout bas :

« Du chantage, hein? A quel titre? Sur quoi t'appuies-tu? »

Arnold murmura :

« Les deux sœurs vous aiment. Charlotte, qui est une fine mouche, a ses preuves. Il y a souvent des querelles très vives à votre propos. Elles n'en connaissent pas la raison, elles ne savent même pas ce qui se passe en elles. Mais un seul mot peut les éclairer, et elles deviendraient ennemies mortelles. Dois-je le dire, ce mot? »

Raoul fut près de lui envoyer un coup de poing vigoureux en signe de châtiment. Mais il sentit la vanité d'un tel geste. Et puis, au fond, la révélation du domestique le troublait infiniment. Les sentiments des deux sœurs ne lui étaient pas inconnus. Le matin même, Bertrande l'avait embrassé avec une ardeur dont il ne pouvait ignorer la cause, et il avait eu souvent l'impression de toute la tendresse amoureuse que lui portait Catherine. Mais c'étaient là de ces choses profondes, de ces émotions confuses qu'il laissait volontairement dans l'ombre, de peur d'en altérer la douceur et le charme.

« N'y pensons pas, se dit-il. Tout cela se flétrirait au plein jour. »

Et il s'écria gaiement :

« Ma foi, monsieur Arnold, vos arguments ne manquent pas de valeur. En quoi était votre grand chapeau?

– En toile, ce qui me permettait de le mettre dans ma poche.

– Et vos énormes sabots?

– En caoutchouc.

– Ce qui vous permettait de marcher sans bruit et de les faire glisser par les orifices où se glissait votre buste d'acrobate?

– Justement.

– Monsieur Arnold, votre chapeau de toile et vos chaussures de caoutchouc seront remplis de poudre d'or.

– Merci. Je vous aiderai de mes conseils pour découvrir l'or.

– Pas la peine. Vous avez échoué, la poche du drap que vous avez traînée dans la rivière est vide. Moi, je réussirai. Un détail cependant à ce sujet : Qui est-ce qui a déchiffré l'énigme des chiffres alignés par M. Montessieux?

– Moi.

– A quelle époque?

– Quelques jours avant la mort de M. Guercin.

– Et c'est cela qui vous a guidé?

– Oui.

– Parfait... Béchoux!

– Quoi? grogna le policier, qui ne dérageait pas.

– Tu es toujours persuadé de l'innocence de tes amis?

– Plus que jamais.

– A la bonne heure. Eh bien, occupe-toi d'eux, soigne-les, nourris-les... et ne les laisse pas sortir de ce salon avant que j'aie fini ma tâche. D'ailleurs, « salés » comme ils le sont, je ne les crois guère capables de bouger pendant quarante-huit heures. C'est plus qu'il ne m'en faut, et on se passera de leurs services, chacun de nous faisant son ménage. Bonne nuit. Je tombe de sommeil. »

Le domestique Arnold l'arrêta d'un geste.

« Pourquoi ne tentez-vous pas la chance dès ce soir?

– Allons, je vois que tu as agi sans comprendre et

que tu n'as pas saisi toute la portée des chiffres alignés. Ce n'est pas là une question de chance, monsieur Arnold, mais une certitude. Seulement...

– Seulement?

– Il n'y a pas assez de vent, ce soir.

– Alors, ce sera pour demain soir?

– Non, pour demain matin.

– Demain matin! »

L'exclamation de M. Arnold prouva qu'en effet, il n'avait pas compris.

Si le vent était un auxiliaire désirable, Raoul fut favorisé. Toute la nuit, on l'entendit siffler et mugir. Au matin, à peine vêtu, Raoul le vit, des fenêtres du couloir, qui bousculait les arbres et se ruait de l'occident, à travers la vallée de la Seine, âpre, intraitable, tumultueux, bouleversant le large fleuve qui venait à sa rencontre.

Dans la salle, Raoul trouva les deux sœurs. Elles avaient préparé le petit déjeuner. Béchoux arrivait au village avec du pain, du beurre et des œufs.

« C'est pour tes deux amis, ces victuailles?

– Le pain leur suffira, fit Béchoux d'un air farouche.

– Tiens, tiens, on te dirait moins enthousiaste...

– Deux canailles, mâchonna-t-il. Je leur ai lié les poignets, pour être plus sûr. Et j'ai fermé la porte à clef. D'ailleurs, ils ne peuvent marcher.

– Tu leur as mis des compresses aux endroits sensibles?

– Tu es fou. Qu'ils se débrouillent!

– Alors tu nous accompagnes?

– Parbleu!

– A la bonne heure! Te voilà revenu du bon côté de la barricade. »

Ils mangèrent tous de bon appétit.

A neuf heures, ils se risquèrent dehors, sous une pluie si violente qu'elle se confondait avec les nuages bas qu'entraînait le souffle de la tempête, une tempête de cataclysme qui semblait chercher les obstacles pour les anéantir.

« C'est la marée, dit Raoul. Elle s'annonce à coups de tonnerre. Quand la bourrasque aura passé, avec la grande vague du flot montant, la pluie diminuera peut-être. »

Ils franchirent le pont, et, tournant à droite, dans l'île, arrivèrent au pigeonnier. De son propre chef, Raoul avait fait faire, un mois auparavant, une clef qui ne le quittait pas.

Il ouvrit. A l'intérieur, les fils électriques, rétablis par lui, fonctionnaient. Il alluma.

Un cadenas solide tenait clos le battant de la trappe. Il en gardait aussi la clef.

Le sous-sol était illuminé. Lorque les deux sœurs et Béchoux furent descendus, ils aperçurent un escabeau, et Raoul leur fit remarquer, sur le mur opposé à l'échelle, un tamis de fil de fer, à mailles aussi rapprochées qu'un canevas de tapisserie, et qui couvrait à peu près toute la longueur du mur sur une hauteur de quarante centimètres, au maximum. Un cadre de fer l'entourait.

« L'idée de M. Arnold, dit-il, n'était pas mauvaise. Avec deux draps cousus l'un à l'autre et formant poche, il barrait la rivière. Mais les draps, flottant, n'arrivaient pas au fond, ce qui est l'essentiel. Cet inconvénient n'arrive pas avec le cadre construit par M. Montessieux. »

Il monta sur l'escabeau. Dans la partie supérieure de la cave, située à un mètre au-dessus du niveau de l'eau, il y avait une meurtrière allongée, fermée par une vitre poussiéreuse. Il ouvrit. Le vent, la fraîcheur du dehors, le clapotement de l'eau, entrèrent d'un coup. Avec l'aide de Béchoux, il fit glisser le cadre par cette meurtrière, en introduisant les montants dans deux pieux fichés de chaque côté de l'Aurelle et creusés de coulisses, et le laissa tomber.

« Bien, dit-il, comme cela c'est le fond même qui est barré, ainsi que par un filet de pêche qui capture des poissons. Notez d'ailleurs que, si le tamis a été fabriqué récemment, les pieux munis de coulisses datent de longtemps, un siècle ou deux peut-être. Au XVIIIe siècle, au XVIIe, les hobereaux de la Barre-y-va faisaient déjà manœuvrer tout ce système qui devait être plus compliqué que celui que nous apercevons. »

Ils sortirent de la tour. Il pleuvait moins. Sur les bords, parmi les pierres et la vase, émergeait la tête usée de deux pieux. Comme il y en avait d'autres, on ne les remarquait pas spécialement.

A cet instant, l'Aurelle, très basse, s'était arrêtée de couler vers la Seine. Après un moment d'équilibre, il y avait lutte entre l'eau qui voulait suivre son cours ordinaire et l'eau qui commençait à affluer du grand fleuve dont on entendait l'effervescence produite par le mascaret. Sous la poussée formidable de la marée, que le vent soulevait et décuplait, l'énorme vague devait déferler dans la Seine, emplissant la vallée de remous, de montagnes d'eau qui bondissaient et tourbillonnaient.

Et l'Aurelle, hésitante, envahie à son tour par le flot irrésistible où la mer et la Seine se mêlaient, gonflée par cette onde plus forte qu'elle, céda du terrain, recula, fut vaincue, absorbée, et, soudain fugitive, remonta vers sa source.

« Quel étrange phénomène! s'écria Raoul. Nous avons de la chance. Il est rare, j'en suis sûr, qu'il se produise avec cette ampleur et cette fougue. Il ne faut pas perdre un détail, si nous voulons tout comprendre. »

Il répéta :

« Tout comprendre! Il y a là vraiment quelques minutes où toutes les raisons déterminantes vont se voir à l'œil nu. »

Il traversa l'île en courant, et, passant sur l'autre rive, escalada la pente qui conduisait au sommet des roches. S'arrêtant à l'endroit où M. Arnold lui avait glissé entre les mains, il se pencha sur le défilé. Étranglée entre les roches et la Butte-aux-Romains, la masse d'eau avait monté jusqu'à mi-hauteur de la falaise, contournait à moitié la Butte, et s'agitait dans cette cuve d'où elle ne pouvait s'échapper que par une étroite issue qui la laissait tomber en une mince cascade sur la prairie des trois saules. Et d'autres masses montaient à l'assaut, poussées par le vent et enflées par les rafales de pluie que jetaient comme des paquets les nuages affolés.

Béchoux et les deux sœurs se pressaient autour de Raoul et regardaient comme lui. Il murmurait des phrases courtes où sa pensée s'exprimait par bribes.

« C'est bien cela, c'est bien ce que je supposais. Si les événements continuent selon mon hypothèse, tout s'expliquera. Et cela ne peut pas être autrement... S'il en était autrement, il n'y aurait plus de logique. »

Une demi-heure s'écoula. Au loin, sur la Seine, dont on apercevait la courbe immense, la grande bataille s'éloignait, entraînant son escorte de tempête et d'averses, et laissant derrière elle un fleuve élargi, secoué de frissons, mais dont la ruée devenait moins rapide.

Une demi-heure encore. La rivière, elle, s'apaisait plus vite. Elle s'immobilisait sous l'offensive, timide encore, de la source qui cherchait à reprendre son cours normal. Presque encerclée, la Butte-aux-Romains se vidait de l'eau qui l'avait envahie et ruisselait par cent rigoles qui glissaient le long de sa terre gazonnée et entre les fentes de ses fondations. Vivement le niveau baissa, l'Aurelle accéléra son allure, comme aspirée de nouveau par le fleuve où elle allait se perdre.

Et tout reprit son aspect quotidien. La pluie avait cessé.

« Voilà, dit Raoul. Je ne me suis pas trompé. »

Béchoux, qui n'avait pas prononcé une parole, objecta :

« Pour que tu ne te sois pas trompé, il faudrait qu'il y ait de la poudre d'or. Tu as tendu tes filets, tu as repris, selon le mode où elle devait être reprise, la tentative d'Arnold et tu prétends que les éléments t'ont favorisé. Conséquence mathématique : de l'or. Où est-il cet or? »

Raoul le persifla.

« C'est surtout ça qui t'intéresse, hein?

– Dame! et toi?

– Pas moi. Mais j'admets parfaitement que tu te places à ce point de vue. »

Ils redescendirent le sentier des roches et retournèrent dans l'île à côté du pigeonnier.

Raoul avoua :

« Je ne sais pas trop comment M. Montessieux effectuait ses récoltes, ni s'il pouvait les effectuer intégralement. J'imagine d'ailleurs qu'elles durent être peu nombreuses vu la complexité des conditions nécessaires. En tout cas, il disposait certainement des moyens existant déjà, vannes, tuyaux d'écoulement, etc. et que le temps ne m'a pas permis de retrouver et de perfectionner. Tout au plus, ai-je découvert le tamis pour établir le barrage, et, dans le grenier du manoir, ce qu'on appelle une épuisette. Donne-la-moi, Béchoux. Elle est là, par terre, au pied de cet arbre. »

C'était, en effet, une épuisette avec un cercle de fer et un filet, mais un filet de métal à mailles imperceptibles comme celles du tamis.

« Béchoux, tu n'aimes pas mieux descendre dans la rivière? Non? Alors pêche, mon vieux, et râcle le fond, tout le long du tamis de barrage.

– Du côté de la source?

– Oui, comme si la rivière, en coulant dans sa vraie direction, avait charrié de la poudre d'or qui se fût collée au tamis. »

Béchoux obéit. Le manche était long. En posant ses pieds sur un gros caillou de la rive, il pouvait atteindre les trois quarts de la rivière.

Arrivé là, il ramena le filet, en traînant tout au fond le cercle de fer.

Ils se taisaient tous. La minute était solennelle. Les prévisions de Raoul étaient-elles justes? Était-ce bien sur ce lit de graviers fins et d'herbes aquatiques que M. Montessieux avait recueilli sa précieuse poudre?

Béchoux acheva sa besogne, et releva son épuisette.

Dans le filet de métal il y avait des graviers, des herbes aquatiques, mais aussi des points qui luisaient. C'étaient de la poudre et quelques paillettes d'or.

XV

LES RICHESSES DU PROCONSUL

« TIENS, dit Raoul en entrant dans le salon du manoir où le domestique et Charlotte, attachés sur deux canapés distants l'un de l'autre, ne semblaient pas très à l'aise, tiens, monsieur Arnold, voici une partie de ce que je t'ai promis, de quoi remplir la moitié de ton chapeau. Pour le reste, tu n'auras qu'à gratter la rivière à l'endroit que t'indiquera ton ami Béchoux et tu en auras plein tes petits sabots de Noël. »

Les yeux du domestique étincelèrent. Il se voyait déjà seul dans le domaine et continuant de fructueuses récoltes, puisqu'il possédait le secret de M. Montessieux.

« Ne te réjouis pas trop, dit Raoul. Demain... ce soir... j'aurai tari la source précieuse, et tu devras te contenter du cadeau convenu. »

Ils se retirèrent chez eux pour changer leurs vêtements, qui étaient trempés. Le déjeuner les réunit. Raoul parla gaiement de toutes sortes de choses. Mais Béchoux qui brûlait d'en savoir davantage, le pressa de questions.

« Ainsi les événements mettent en lumière un fait qui peut se résumer en ces quelques mots : la rivière est aurifère d'une façon constante, mais infinitésimale. Sous l'action de certains éléments et à certaines dates, elle roule des pépites plus grosses qui s'accumulent surtout aux environs de la tour. C'est bien ça, n'est-ce pas?

– Pas du tout, mon vieux. Tu n'y as pas compris un fichu mot. Cela, c'est la croyance primitive des possesseurs de la Barre-y-va, croyance transmise à Montessieux ou redécouverte par lui. C'est la croyance de M. Arnold. Mais quand on a un esprit constructeur, ce qui n'est pas ton cas, on ne s'arrête pas à mi-chemin, et on va jusqu'aux limites extrêmes de la vérité. Or, moi, j'ai un esprit constructeur, et je suis le premier qui, dans cette affaire, ne se soit pas arrêté à mi-chemin. Faisons la route ensemble, veux-tu, Béchoux? »

Raoul tira de sa poche une feuille de papier sur laquelle se trouvaient les chiffres alignés par M. Montessieux et il les lut à haute voix :

« 3141516913141531011129121314.

« Si l'on examine attentivement ce document, on s'aperçoit – M. Guercin et Arnold ont mis des mois et des mois à s'en apercevoir – on s'aperçoit que le chiffre « un » revient une fois sur deux, et que l'on peut former ainsi quatre séries de nombres de deux chiffres qui vont en croissant, et qui sont séparés deux fois par un 3, et deux fois par un 9. Supprime ces chiffres intermédiaires et tu obtiens :

« 14.15.16.-13.14.15.-10.11.12.-12.13.14.

« Tout naturellement, parmi les hypothèses qui viennent à l'esprit, on est porté à croire que ces nombres sont des dates, et que les 3 et les 9 qui les séparent représentent certains mois, le mois de mars et le mois de septembre. Or, ces mois étaient ceux où régulièrement M. Montessieux se trouvait ici. Chaque année, il passait une partie de mars à la Barre-y-va, et chaque année, il ne s'en allait que dans la seconde moitié de septembre. On peut donc admettre que, avant son départ, il y a deux ans, M. Montessieux ait inscrit en annotation, comme aide-mémoire, les quatre prochains groupes de dates où la rivière livrerait ou pourrait livrer un peu de son or, c'est-à-dire les 14, 15 et 16 mars et les 13, 14 et 15 septembre de l'an dernier, les 10, 11, 12 mars et les 12, 13 et 14 septembre de cette année. Le 12 septembre, c'était hier, le 13, c'est aujourd'hui, et voilà sur quoi M. Arnold a bâti tout son plan. Pour lui, M. Montessieux, s'appuyant sur d'anciennes données, sur des traditions vieilles de plusieurs siècles, agissait à des dates fatidiques et vérifiées par l'expérience. Du moment qu'il a recueilli de l'or à telle date et qu'il sait qu'il en recueillera à ces mêmes dates, Arnold ne doute pas. A son tour, il agira. »

Béchoux fit observer :

« Eh bien, Arnold ne se trompait pas. Les époques notées par M. Montessieux sont les bonnes.

– Pourquoi sont-elles les bonnes?

– Pour des raisons que j'ignore.

– Idiot! Pour des raisons que tu connais comme moi. Pour des raisons que j'ai pressenties dès le début.

– Lesquelles?

– Ce sont les dates des grandes marées, triple imbécile. C'est l'équinoxe de printemps et l'équinoxe d'automne. Deux fois par an, le mascaret remonte la Seine avec plus de violence, matin et soir, et pendant plusieurs jours. Ajoute à cela qu'il y a des marées d'équinoxe plus fortes que les autres, que le vent peut accroître encore l'énormité de la barre, et tu comprendras qu'il faut, pour réussir, des circonstances particulières qui ne se présentent que rarement.

– Et quand elles se présentent, dit Béchoux, après avoir mûrement réfléchi, les parcelles d'or qui flottent dans la rivière ou qui gisent dans quelque trou sont mises en agitation et se déposent à tel endroit que l'on connaît. »

Raoul frappa la table du poing.

« Non, non, mille fois non. Ce n'est pas cela. Cela, c'est l'erreur commise par ceux qui ont connu le secret et qui en ont profité. La vérité est ailleurs.

– Explique-toi.

– Il n'existe réellement pas dans nos pays de rivière qui charrie de l'or. Il peut y avoir de l'or dans une rivière, mais non point naturellement. Ce n'est pas une qualité du sable qui roule au fond, ou des pierres qui tapissent le lit.

– En ce cas, d'où vient celui que nous y avons vu?

– D'une main qui l'y a mis.

– Qu'est-ce que tu dis? Tu es fou! Une main, qui renouvellerait la provision chaque fois qu'une grande marée l'épuiserait?

– Non, mais une main qui aurait placé là une telle provision qu'aucune série de grandes marées ne pourrait l'épuiser. Il n'y a pas gisement d'or produit par des forces physiques ou chimiques, mais gisement d'or entassé par les hommes. Nous ne sommes pas en face d'une fabrication, comme aurait voulu le faire croire M. Montessieux, ni d'une production spontanée comme il le croyait, et comme d'autres l'ont cru, mais en face d'un trésor tout simplement, un trésor qui s'écoule peu à peu, lorsque certaines conditions sont remplies. Commences-tu à comprendre, Béchoux? »

Béchoux médita quelques secondes et répondit :

« Je n'y fiche goutte. Précise. »

Raoul sourit, regarda les deux sœurs qui l'écoutaient passionnément et précisa :

« Selon moi, il y a ce qu'on peut appeler une opération à deux temps. Premier temps : un trésor considérable est déposé à tel endroit, dans un récipient solide hermétiquement fermé. Il y reste des dizaines, des centaines d'années... jusqu'au jour où des fissures se produisent dans le récipient et où, sous l'action de forces extérieures survenant à intervalles éloignés, des parcelles du contenu s'échappent. C'est le deuxième temps. Quand cela est-il arrivé pour la première fois? Qui recueillit pour la première fois un peu de cet or libéré? Je l'ignore. Mais il ne me semble pas impossible qu'on puisse le savoir en étudiant les archives locales, celles des paroisses ou des familles nobles.

– Je le sais, moi, dit Catherine, en souriant.

– Est-ce vrai? s'écria vivement Raoul d'Avenac.

– Oui. Grand-père possédait – et je crois qu'il est à Paris – un plan du domaine qui date de 1750. Or, la rivière n'y est pas désignée sous le nom de l'Aurelle. Elle s'appelait encore, en 1759, le Bec-Salé. »

Raoul triompha.

« La preuve est formelle. Ainsi il n'y a guère plus d'un siècle et demi que l'événement se produisit et que le Bec-Salé, c'est-à-dire rivière salée, devint l'Aurelle pour des motifs qui imposèrent peu à peu ce changement de nom. Depuis, ces motifs s'oublièrent, sans doute à cause de la rareté du fait. Mais le fait lui-même persista et nous en fûmes témoins aujourd'hui. »

Béchoux semblait convaincu. Il prononça :

« Je t'ai demandé de préciser : tu as précisé. Je te demande maintenant de conclure.

– Je conclus, Théodore. Tu viens de voir à quel point comptent les désignations, surtout dans les campagnes où les noms d'un lieu, d'une colline, d'un cours d'eau, tirent toujours leur origine d'une cause réelle et se perpétuent bien au-delà du temps où cette cause est oubliée. C'est cette règle invariable qui, dès les premiers jours, a porté mon attention sur la Butte-aux-Romains. Et c'est pourquoi, dès les premiers jours, j'ai examiné la formation de cette butte. Tout de suite, j'y ai reconnu ce que les Romains appelaient un tumulus. Ce n'était pas une butte naturelle, mais un amas artificiel en forme de tronc de cône, avec un soubassement de moellons et des assises alternatives de terre et de pierres. Cela servait, en général, de sépulture, et, au centre, des chambres funéraires y étaient pratiquées. Mais on en usait aussi pour y cacher des armes, ou des coffres d'argenterie, et de l'or. Avec les siècles, notre tumulus s'était tassé, et sans doute écroulé à l'intérieur. Une épaisse végétation le recouvrait et, de son passé, il ne restait apparemment que ce nom de Butte-aux-Romains. N'importe! toujours mon attention demeurait en éveil.

« Et c'est peut-être à ce propos que germa en moi l'idée d'un trésor, idée qui s'amalgama avec celles des fuites de métal précieux qui pouvaient se produire. La conformation du tumulus, entouré aux trois quarts par une courbe de la rivière, donnait de la force à mon hypothèse. Et vous avez vu tantôt avec quelle précipitation j'ai cherché à la vérifier. J'avais vu juste. L'eau montait, formait, entre la falaise et la butte, comme une cuve, comme un réservoir toujours plus élevé. Quand le flot s'immobilisa, quand la rivière commença à descendre, ce réservoir devait forcément se vider par toutes les issues possibles, c'est-à-dire par toutes les fentes, les excavations, les fissures, les lézardes qui trouaient la Butte comme un filtre. Résultat : en passant, l'eau entraîna à sa suite tout ce qui est poudre et menues paillettes. Et c'est cela que nous avons recueilli contre le barrage du tamis. »

Raoul se tut. L'étrange histoire apparaissait à tous dans sa réalité, au fond si simple et si logique, et nul d'entre eux ne pensait à émettre la moindre objection. Béchoux murmura :

« C'était là une cachette bien peu sûre... ce tumulus encerclé d'eau parfois.

— Qu'en savons-nous? s'exclama Raoul. L'estuaire de la Seine a toujours subi de profondes transformations, et, à cette époque, le tumulus se trouvait peut-être plus isolé, moins accessible aux fortes marées. Et puis on ne cache pas un trésor pour l'éternité : on le cache en faveur de quelqu'un qui en aura la jouissance et la surveillance, et qui agira selon les menaces non prévues. Mais souvent le secret, régulièrement transmis d'abord, finit par se perdre. L'emplacement exact du coffre-fort n'est plus connu, et pas davantage le mot qui ouvre la serrure. Rappelez-vous les trésors des rois de France enfermés dans l'Aiguille d'Étretat[1]. Rappelez-vous les trésors religieux du moyen âge ensevelis près de l'abbaye de Jumièges[2]. De tout cela que restait-il? Des légendes qu'un esprit plus avisé que d'autres a converties, un jour, en réalités. Eh bien, aujourd'hui, dans ce même pays de Caux, vieux pays de France où l'histoire a toujours été propice aux grandes aventures et mêlée aux grands secrets nationaux, nous nous heurtons à l'un de ces problèmes passionnants qui font tout l'intérêt de la vie.

— Que supposes-tu?

— Ceci. Étant donné la proximité de Lillebonne (la *Juliabona* des Romains, capitale importante, et dont le théâtre antique prouve la vitalité durant la période gallo-romaine) quelque proconsul ayant sa maison de campagne, sa villa à Radicatel, aura dissimulé ses richesses personnelles, le fruit de ses rapines, transformé en poudre d'or, dans cet ancien tumulus bâti peut-être par les armées de Jules César. Et puis, il aura succombé au cours de quelque expédition ou à la suite de quelque orgie, sans avoir eu le temps de transmettre son secret à ses enfants ou à ses amis. Et puis, après, c'est tout le chaos du moyen âge, toutes les secousses du pays, luttes contre les hommes de l'Est, contre les hommes du Nord, contre les Anglais. Tout s'est évanoui dans les ténèbres. Même plus de légende. Le

1. *L'Aiguille creuse.*
2. *La Comtesse de Cagliostro.*

problème ne se pose même pas. A peine une bribe du passé qui surgit au XVIIIe siècle... un peu d'or qui coule. Puis le drame qui se prépare... M. Montessieux... M. Guercin...

– Et toi qui apparais! murmura Béchoux de ce ton d'admiration presque mystique qu'il prenait parfois en parlant à Raoul.

– Et moi qui apparais! » répéta Raoul avec gaieté.

Les deux sœurs le regardèrent, elles aussi, comme on regarderait un personnage d'essence particulière, en dehors des proportions humaines.

« Et maintenant, dit-il, en se levant, travaillons. Qu'est-ce qui subsiste du trésor de mon proconsul? Peut-être pas grand-chose, soit qu'il fût, à l'origine, assez mince, soit que les marées l'aient dissous peu à peu et emporté on ne sait où. Mais enfin, tentons l'épreuve.

– Comment? dit Béchoux.

– En ouvrant le tumulus.

– Mais c'est un travail de plusieurs jours. Il faut déraciner des arbres, ouvrir des tranchées, creuser, transporter des terres. Et comme nous ne pouvons demander d'aide à personne...

– C'est un travail d'une heure ou deux, trois tout au plus.

– Oh! oh!

– Mais oui! Si nous admettons que le tumulus a été utilisé comme coffre, nous devons admettre qu'un coffre ne se place pas dans les entrailles de la terre, mais à un endroit qui, tout en étant invisible et « insoupçonnable », soit aisément accessible. Or, en fouillant parmi les broussailles, j'ai constaté que la première assise de pierres située à un mètre du sol débordait un peu, et constituait évidemment, jadis, un étroit chemin circulaire. En outre, on se rend compte que de ce côté-ci, face au manoir, et sous d'épaisses couches de lierre, il y a une sorte de renfoncement, de rotonde qui devait abriter quelque statue de Minerve ou de Junon, dressée là à la fois comme gardienne et comme indicatrice. Prends un pic, Béchoux. J'en fais autant et, si je ne m'abuse, nous ne tarderons pas à connaître la solution du problème. »

Ils se rendirent dans la remise où l'on renfermait les ustensiles de jardinage, choisirent deux pics, et, accompagnés des jeunes femmes, gagnèrent les abords de la Butte-aux-Romains.

Des racines et des ronces, toutes mouillées encore, furent arrachées, le sentier débarrassé, la rotonde mise à découvert, et les cailloux, qui formaient le fond, attaqués.

Ce rempart démoli fit place à un autre, de travail plus délicat, où l'on apercevait encore des traces de mosaïques et l'attache du piédestal sur lequel devait s'élever la statue. Leurs efforts se concentrèrent à cet endroit.

L'eau ruisselait de toutes parts et s'étalait en flaques qui s'égouttaient vers la rivière. Presque aussitôt l'un des pics troua la cloison et passa dans le vide. Ils agrandirent l'ouverture. Raoul alluma sa lampe.

Comme il l'avait prévu, ils trouvèrent une excavation assez basse où l'on pouvait juste se tenir debout, et qui, sans doute, avait servi de chambre funéraire. Un pilier central en soutenait le plafond. Autour se groupaient trois de ces jarres provençales en terre vernissée, à large panse, dont on use encore dans le Midi de la France pour conserver l'huile. Les débris d'une quatrième jonchaient le sol visqueux. Des points d'or luisaient.

« C'est bien ce que j'avais dit, prononça Raoul. Regardez les murs de cette petite grotte... tout fendillés et craquelés. Après le flot des grandes marées, les infiltrations commencent, de petites cascades se forment, qui cherchent et s'ouvrent des issues, et des grains d'or, des parcelles de métal glissent par ces issues. »

L'émotion leur serrait la gorge. Ils restèrent un moment

silencieux dans ce réduit sombre où quinze ou vingt siècles auparavant un être humain avait déposé ses richesses, et où, depuis, personne n'avait pénétré. Que de mystères s'étaient accumulés là, et quel miracle de s'y trouver maintenant!

Avec la pointe de son pic, Raoul brisa le col de chacune des trois jarres et les éclaira tour à tour d'un jet de sa lampe. Chacune d'elles était remplie d'or en paillettes, d'or en grains, d'or en poudre! A pleines mains il en saisit deux poignées qu'il laissa ruisseler et qui étincelèrent aux feux de la lampe.

Béchoux était si ébranlé par ce spectacle que ses genoux plièrent et que, sans mot dire, il s'assit à terre, sur ses talons.

Les deux sœurs se taisaient également. Mais ce n'était pas la vue de l'or qui les troublait. Ce n'était même plus cette impression puissante qu'elles avaient éprouvée à se sentir au cœur d'une aventure vingt fois séculaire, dont toutes les péripéties, celles d'autrefois et celles du temps présent, se déroulaient devant leurs yeux déconcertés. Non, c'était autre chose. Et comme Raoul les interrogeait à voix basse sur leurs pensées secrètes, l'une d'elles répondit :

« Nous pensons à vous, Raoul... à l'homme que vous êtes...

– Oui, fit l'autre, à tout ce que vous faites, si aisément, en vous jouant... Nous ne comprenons pas... C'est si simple, et si extraordinaire... »

Il murmura – et chacune d'elles put croire qu'elle seule avait entendu et que c'était à elle qu'il s'était adressé :

« Tout est facile, quand on aime, et qu'on veut plaire. »

Ce n'est qu'au soir, à la faveur de l'ombre – ne pouvait-on être épié du dehors? – que Raoul approcha son auto et que deux grands sacs pleins à craquer furent emportés de la Butte-aux-Romains. Puis Béchoux et lui rebouchèrent l'excavation, et, tant bien que mal, effacèrent les vestiges des travaux exécutés.

« Au printemps prochain, dit Raoul, la nature se chargera de tout recouvrir. Et comme jusque-là, nul n'entrera au manoir, nul ne connaîtra jamais, en dehors de nous quatre, le secret de la rivière. »

Le vent était tombé. La seconde marée du 13 septembre fut faible, et il était à présumer que les deux marées du 14 ne feraient monter l'eau qu'à un niveau normal, sans que la Butte soit encerclée.

A minuit, Catherine et Bertrande s'installèrent dans l'auto. Raoul alla dire adieu à M. Arnold et à Charlotte.

« Eh bien, mes petits poulets, ça va? On n'a pas trop mal en s'asseyant? Fichtre, il me semble que vous geignez encore, jolie Charlotte. Écoutez-moi, tous les deux... Je vous laisse quarante-huit heures ici avec Théodore Béchoux comme infirmier, cordon-bleu, dame de compagnie et garde-chiourme. En outre, Béchoux se chargera de passer la rivière au peigne fin pour y gratter, à votre intention, les pellicules d'or. Après quoi, il vous expédiera, par le train, où vous voudrez, les poches gonflées de pépites et de pépètes, et l'âme lourde de bonnes intentions. Car je ne doute pas que vous ne laissiez tranquilles vos deux patronnes et que vous n'alliez vous faire pendre ailleurs. C'est convenu, monsieur Arnold?

– Oui, déclara celui-ci, nettement.

– A merveille. Je suis sûr de ta bonne foi. Tu as senti en moi un monsieur qui ne badinait pas et je t'ai quelque peu épaté, hein? Donc chacun sa route. D'accord aussi, aimable Charlotte?

– Oui, dit celle-ci.

– Parfait. Si par hasard tu quittais M. Arnold...

– Elle ne me quittera pas, grogna le domestique.

– Pourquoi?

– Nous sommes mariés. »

Béchoux serra les poings et articula :

« Gredine! et tu voulais que je t'épouse.

– Que veux-tu, mon pauvre vieux, dit Raoul, si ça l'amuse d'être bigame, la belle enfant! »

Il entraîna son compagnon, lui prit le bras et formula sévèrement :

« Voilà ce que c'est, Béchoux, que d'avoir des relations équivoques. Compare notre conduite. Il y avait ici deux personnes de mauvais aloi, et deux nobles créatures. Qui as-tu choisi, toi, soutien de la société? Le mauvais aloi. Qui ai-je choisi? Les nobles créatures. Ah! Béchoux, quelle leçon pour toi! »

Mais Béchoux se trouvait à l'un de ces moments où les problèmes de moralité ne vous intéressent guère. Il ne songeait qu'à l'étrange énigme déchiffrée par Raoul, et il était confondu.

« Alors, dit-il, il t'a suffi de lire cette ligne de chiffres sur le testament de M. Montessieux pour deviner que c'était une succession de dates, pour voir le rapport qui existait entre ces dates et celles des grandes marées d'équinoxe, pour comprendre que les grandes marées atteignaient et entamaient un dépôt d'or, bref pour découvrir la vérité?

– Cela ne m'a pas suffi, Béchoux.

– Qu'est-ce qu'il t'a fallu encore?

– Presque rien.

– Quoi?

– Du génie. »

XVI

ÉPILOGUE

LAQUELLE DES DEUX?

Trois semaines plus tard, à Paris, Catherine se présentait au domicile de Raoul d'Avenac. Une vieille dame à l'allure d'intendante ouvrit.

« M. d'Avenac est-il ici?

– Qui dois-je annoncer, mademoiselle? »

Catherine eut à peine le temps de se demander si elle dirait ou ne dirait pas son nom. Raoul apparaissait et s'écriait :

« Ah! vous, Catherine. Comme c'est gentil! Mais qu'y a-t-il de nouveau? Chez vous, hier, vous ne m'avez pas annoncé cette visite.

– Rien de nouveau, dit-elle... Quelques mots à vous dire... Cinq minutes de conversation. »

Il la fit entrer dans le cabinet de travail où, six mois auparavant, elle était venue, hésitante et farouche, implorer son assistance. Elle n'avait certes plus ce même air de bête traquée qui avait touché Raoul, mais elle paraissait aussi hésitante. Et elle commença par prononcer des paroles qui ne se rapportaient évidemment pas au motif qui l'amenait.

Raoul lui prit les deux mains et la regarda dans le fond des yeux. Elle était charmante, heureuse de se sentir près de lui, à la fois souriante et grave.

« Parlez donc, ma chère petite Catherine. Vous savez quelle confiance vous pouvez avoir en moi, et que je suis votre ami... plus que votre ami.

– Plus que votre ami, qu'est-ce que cela signifie? » murmura-t-elle en rougissant.

A son tour il fut embarrassé. Il la devinait profondément troublée, prête à lui ouvrir son cœur, et sur le point aussi de s'enfuir.

« Plus que votre ami... dit-il, cela signifie que je vous suis attaché plus qu'à personne au monde.

– Plus qu'à personne au monde? reprit-elle de son air à la fois ingénu et obstiné.

– Oui, certainement oui », répondit-il.

Elle affirma :

« Autant peut-être, mais pas plus. »

Il y eut un silence entre eux, et Catherine, subitement résolue, dit à voix basse :

« Nous avons beaucoup causé, ces temps-ci, Bertrande et moi... Jusque-là nous nous aimions bien... mais la vie... la différence d'âge... le mariage de Bertrande nous avaient séparées. Ces six mois de crise nous ont mises tout près l'une de l'autre... bien qu'il y ait entre nous quelque chose... qui aurait dû, au contraire... »

Elle avait baissé les yeux, toute confuse, mais elle les releva soudain, et, bravement, elle acheva :

« Entre nous, Raoul, il y avait vous... oui, vous. »

Elle se tut. Raoul demeurait indécis et anxieux. Il avait peur de la blesser, ou de blesser Bertrande à travers elle, et son rôle, tout à coup, lui semblait pénible, presque odieux. Il chuchota :

« Je vous aime l'une et l'autre.

– C'est bien cela, dit-elle vivement, l'une et l'autre...

l'une autant que l'autre, c'est-à-dire pas plus l'une que l'autre. »

Il protesta d'un mouvement.

« Non, non, dit Catherine... acceptez ce qui est. Nos sentiments pour vous, à Bertrande et à moi, ne peuvent pas ne pas vous être connus... mais vous y répondez par des sentiments qui ne s'adressent qu'à nous deux... Là-bas, au manoir, vous avez combattu pour elle et pour moi, pour notre cause commune, et il vous est impossible de nous détacher l'une de l'autre. Et il arrive que vous ne pouvez plus vous passer de l'une ni de l'autre. Or, quand on aime vraiment, il n'en est pas ainsi... Depuis le retour, vous venez nous voir chaque jour, et nous attendions, sans faux orgueil et sans jalousie, votre décision. Mais Mais nous savons maintenant qu'il n'y aura pas de décision. Vous nous aimerez toujours l'une autant que l'autre. Alors...

– Alors? fit Raoul, la gorge serrée.

– Alors, je viens vous dire notre décision à nous, puisque vous n'avez pas pu en prendre une, vous.

– Et cette décision?

– C'est de partir. »

Il sursauta.

« Mais c'est absurde!... Vous n'avez pas le droit... Comment Catherine, vous voulez me quitter?

– Il le faut.

– Mais, à aucun prix, protesta Raoul. Je ne veux pas.

– Pourquoi ne voulez-vous pas?

– Parce que je vous aime. »

Elle lui ferma la bouche d'un geste rapide.

« Ne dites pas cela... je ne vous le permets pas. Pour m'aimer, il faudrait m'aimer plus que Bertrande, et ce n'est pas.

– Je vous jure...

– Je vous défends de parler ainsi... En admettant même que ce soit vrai, il serait trop tard.

– Il n'est pas trop tard...

– Si, puisque je suis là, et puisque je vous ai fait mon aveu... et l'aveu de Bertrande. De telles choses ne se disent que quand on est bien résolu... Adieu, mon ami. »

Il sentait que, quoi qu'il fît, il ne la fléchirait pas, et il le sentait si bien qu'il n'osait pas s'insurger ni tenter de la retenir.

« Adieu, mon ami, répéta-t-elle. Et ma peine est si grande que je veux... que je veux qu'il y ait entre nous... un souvenir... »

Catherine avait posé ses mains sur les épaules de Raoul. Elle approcha son visage et lui offrit ses lèvres.

Un instant elle défaillit entre les bras qui la serraient éperdument et sous les lèvres qui baisaient les siennes. Puis, se dégageant d'un geste, elle s'enfuit.

Une heure après, Raoul courait chez les deux sœurs. Il voulait revoir Catherine. Il voulait lui dire tout son amour, sans même penser à quoi le conduirait une telle démarche.

Catherine n'était pas rentrée. Et il ne vit pas non plus Bertrande.

Le lendemain, même visite inutile.

Mais le surlendemain, Bertrande Guercin sonnait à sa porte, et, comme Catherine, elle fut introduite dans son bureau.

Elle y entra avec le même air d'hésitation que sa sœur, mais, beaucoup plus vite que sa sœur, elle reprit son aplomb, et, tandis qu'il lui tenait les mains et qu'il la regardait comme il avait regardé Catherine, elle murmura :

« Elle vous a tout dit... Nous nous étions promis l'une à l'autre de venir une dernière fois... C'est mon tour... Je viens vous dire adieu, Raoul, et vous remercier de tout ce que vous avez fait pour nous deux... de tout ce que vous avez fait pour moi, qui était coupable, et que vous avez sauvée du remords et de la honte. »

Il ne répondit pas tout de suite. Il était boulerversé, et Bertrande reprit, gênée par le silence et disant des mots au hasard :

« Je lui ai tout raconté. Elle m'a pardonné... elle est si bonne! C'est comme pour ces richesses, qui lui appartiennent à elle seule puisque notre grand-père le voulait ainsi, elle refuse... elle veut partager... »

Raoul n'écoutait pas. Il observait le mouvement des lèvres et ce beau visage ardent, tout frémissant de passion contenue.

« Vous ne partirez pas, Bertrande... je ne veux pas que vous partiez...

– Il le faut... » dit-elle, comme avait dit sa sœur.

Et il répéta :

« Non, je ne veux pas... je vous aime, Bertrande. »

Elle sourit tristement.

« Ah! vous avez dit aussi à Catherine que vous l'aimiez... et c'est vrai... et il est vrai aussi que vous m'aimez... et que vous ne pouvez pas choisir... C'est au-dessus de vos forces... »

Et elle ajouta :

« Et ce serait peut-être au-dessus de nos forces, Raoul, si vous aimiez l'une de nous. L'autre souffrirait trop. Nous sommes plus heureuses ainsi.

– Mais moi, je suis plus malheureux... malheureux pour deux amours perdues...

– Perdues? »

Il ne comprit pas d'abord sa question. Leurs yeux s'interrogeaient. Elle sourit, mystérieuse et captivante. Et il l'attira vers lui, sans qu'elle résistât...

Deux heures plus tard, il reconduisit la jeune femme jusque chez elle, et obtint la promesse qu'elle viendrait le revoir le lendemain, à quatre heures du soir. Et il attendit, heureux et confiant, mélancolique aussi en songeant à Catherine.

Mais la promesse n'était qu'un piège. Le lendemain, quatre heures sonnèrent, et puis cinq...

Bertrande ne vint pas.

A sept heures, il reçut un pneumatique. Les deux sœurs lui annonçaient qu'elles avaient quitté Paris.

Raoul n'était pas homme à s'abandonner au désespoir ou à la colère. Il resta maître de lui, calme comme s'il n'avait pas reçu du destin le choc le plus douloureux. Il alla dîner dans un grand restaurant, se fit servir un bon repas, qu'il prolongea par un excellent havane, puis se promena sur les boulevards, la tête droite et le pas nonchalant.

Vers les dix heures, il entra, sans que son choix fût guidé par la moindre raison, dans un dancing populaire de Montmartre, et, dès qu'il eut franchi le seuil, s'arrêta stupéfait. Parmi les couples qui tournaient, il apercevait, fox-trottant, virevoltant, pleins d'allégresse et d'entrain, Charlotte et Béchoux.

« Nom d'un chien, grogna-t-il, ils en ont du toupet, ceux-là. »

Le jazz se taisait. Les deux danseurs rejoignirent leur table. Et, à cette table, se trouvait, devant trois verres et une bouteille de champagne entamée, M. Arnold.

A ce moment seulement, toute la colère, longtemps étouffée de Raoul, lui monta à la tête. Rouge, furieux, hors de lui, bien que se contenant encore, il marcha vers les trois coupables, d'un pas saccadé. Quand ils le virent, ils eurent tous trois, sur leur chaise, un mouvement de recul. Se reprenant aussitôt, Arnold affecta un sourire arrogant. Charlotte, elle, était pâle et défaillante. Béchoux se dressa comme pour défendre ses compagnons.

Raoul s'approcha de lui, et, son visage tout près du sien, il ordonna :

« Au galop... déménage. »

L'autre essaya de se rebiffer. Alors Raoul lui saisit à pleine main la manche de son veston, à l'endroit de l'épaule, le poussa vers sa chaise, qui bascula, le fit pirouetter, et, sans se soucier des gens qui observaient la scène, l'entraîna vers le couloir, puis vers le vestibule, puis vers la rue. Et il mâchonnait :

« Dégoûtant personnage... tu n'as pas honte? Voilà que tu t'exhibes avec un assassin et une cuisinière... toi, un brigadier! une légume de la police! Et tu crois que Lupin va tolérer ça? Attends un peu, fripouille! »

Parmi les passants ahuris, il le portait presque à bout de bras, comme un mannequin disloqué, et il continuait ses invectives, ravi au fond de cette diversion à ses chagrins.

« Oui... chenapan... misérable! Tu n'as donc pas plus de sens moral qu'une citrouille? Voilà où le plus abominable amour te fait dégringoler? Voilà tes compagnons de débauche... un assassin et une cuisinière! Ah! heureusement que Lupin est là pour te sauver... et pour te sauver malgré toi. Ah! Lupin, voilà, voilà un bonhomme! Est-ce qu'il obéit à sa passion, Lupin? Lui aussi il peut avoir des peines de cœur. Celle qu'il aime est riche maintenant, grâce à lui, et elle retrouvera son fiancé. Est-ce qu'il se plaint? Bertrande, qu'il aime aussi, l'oubliera. Est-ce qu'il pense seulement à courir après elle? Non. Leur bonheur avant tout. Le bonheur de Bertrande! La pureté de Catherine! Et pendant ce temps-là, tu te cramponnes à une cuisinière! »

Raoul avait ainsi mené Béchoux dans le quartier de l'Europe où se trouvait son garage. Il le conduisit devant sa voiture et lui dit :

« Monte.

– Tu es fou.

– Monte.

– Pour quoi faire?

– Nous partons, dit Raoul.

– Où?

– Je n'en sais rien. N'importe où. L'essentiel est de te sauver.

– Je n'ai pas besoin d'être sauvé.

– Tu n'as pas besoin d'être sauvé! Qu'est-ce qu'il te faut? Mais sans moi, tu es fichu, mon garçon. Tu descends dans la boue, dans la fange. Allons-nous-en. Il n'y a plus rien à faire pour nous en ce moment. Tu as besoin de distraction et d'oubli. Il faut travailler. Je connais un bandit à Biarritz qui a tué sa femme et qui l'a mangée. On l'arrêtera. Et puis une jeune fille à Bruxelles qui a égorgé ses cinq enfants. On l'arrêtera. Viens. »

Béchoux résistait, indigné.

« Mais je n'ai pas de congé, crebleu!

– Tu en auras. Je télégraphierai au préfet de police. Viens.

– Mais je n'ai même pas une valise.

– J'en ai une, moi, dans le coffre. J'ai tout ce qu'il me faut. Viens. »

De force il jeta Béchoux dans l'auto et démarra. L'infortuné policier pleurnichait.

« Mais je n'ai rien à me mettre, pas de linge, pas de bottines.

– Je t'achèterai des savates et une brosse à dents.

– Mais...

– Ne te fais pas de bile. Tiens, je me sens beaucoup mieux. Je trouve que Catherine et Bertrande ont joliment bien fait de me fuir. Aussi, on n'est pas plus stupide que je ne le suis. Les aimer toutes les deux, et ne pas pouvoir dire à l'une : « Je vous aime », sans mentir à l'autre... Est-ce bête? Dans ces cas-là, on finit pas rester tout seul, comme un idiot. Heureusement que j'ai de jolis souvenirs... Ah!

Béchoux, les jolis souvenirs... Je te raconterai tout cela quand je t'aurai mis à l'abri. Ah! vieux camarade, tu me dois une fière chandelle. »

Et par les rues, par les routes, emportant Béchoux, l'auto filait vers Biarritz ou Bruxelles... vers le sud ou vers le nord... Raoul n'en savait trop rien.

TABLE

IMPRIMÉ EN FRANCE PAR BRODARD ET TAUPIN
Usine de La Flèche (Sarthe).
LIBRAIRIE GÉNÉRALE FRANÇAISE - 6, rue Pierre-Sarrazin - 75006 Paris.
ISBN : 2 - 253 - 00700 - 5 30/2272/0